Můj první kurz češtiny

我的第一堂
捷語課 A1
新版

捷克查理士大學普通語言學博士・國立政治大學斯拉夫語文學系教授
林蒔慧（Melissa Shih-hui Lin） 編著

Ivana Bozděchová、Helena Hrdličková 審訂

【序言 – Předmluva】

歡迎大家加入捷克語言學習的行列，在開始《我的第一堂捷語課》之前，讓我們一起先來認識捷克語這個語言吧。

隸屬斯拉夫語族的捷克語

首先，「捷克語」這個詞在捷克語寫作「čeština」，從字面上來看，捷克語的書寫系統是以我們大家比較熟悉的拉丁字母書寫系統為基礎，再加上一些附加符號，例如「čeština」首字母c上的勾勾，稱之為háček，加上勾勾之後就成了另一個字母č，語音也會隨之不同（請參照導論）。這套以拉丁字母為基礎的書寫系統，多見於除了東斯拉夫語（即俄羅斯語、烏克蘭語、白俄羅斯語等）以外的其他斯拉夫語，包括南斯拉夫語支以及西斯拉夫語支。本書所介紹的捷克語便是屬於印歐語系斯拉夫語族的西斯拉夫語支。

捷克語的歷史

根據歷史記載，捷克語大約是在十世紀至十六世紀期間才漸漸從其他斯拉夫語中獨立成形；十四世紀神聖羅馬帝國皇帝查理四世（Karel IV.）在位時期，捷克語因為與外來語文的接觸而詞彙量大幅增加，然而，捷克語的語言地位卻一直不受官方認可，僅在民間流傳使用。直至十五世紀，當時的宗教改革家揚・胡斯（Jan Hus）致力於捷克語的普及化，並且鼓勵以捷克語取代當時舉足輕重的德語，藉以提升捷克語的語言地位，這才進一步促進捷克語書寫系統的完備。1533年，第一本捷克語語法書問世，而第一本捷克語詞典則完成於十四世紀末葉。1809年，多布羅夫斯基（Josef Dobrovský）的《捷克語法》（Ausführliches Lehrgebäude der Böhmischen Sprache）規範了捷克書面語，又稱之為標準捷克語（spisovná čeština）。

捷克語的發展與使用現況

現今捷克語的使用地區，主要還是以捷克共和國為主。1993年，於第一次世界大戰後1918年建國的捷克斯洛伐克共和國和平分裂為二，即捷克共和國與斯洛伐克共和國。前者北鄰德國、波蘭，南接奧地利和斯洛伐克（如下圖所示），面積78,866平方公里，比奧地利、葡萄牙和匈牙利三國面積都略小，與臺灣相比，則大約是臺灣面積的兩倍；根據2020年捷克統計局資料顯示[1]，捷克共和國境內總人口數為10,701,777，則相當於臺灣人口數的一半。

如上圖所示，捷克共和國共分為十四個行政區以及三大地理區，後者分別為西半部的波西米亞（Čechy）、東半部的摩拉維亞（Morava）以及東北部的西里西亞（Slezsko）。現今波西米亞的首邑為捷克共和國的首都布拉格（Praha），也是全國第一大城；摩拉維亞的首邑為全國第二大城布爾諾（Brno）；西里西亞的首邑則是奧士特拉瓦（Ostrava）。這三個地理區同時也對應捷克三大區域方言，即波西米亞語、摩拉維亞語以及西里西亞語。其中，中部波西米亞語，即大布拉格地區所使用的捷克語便是現今捷克通用語，也稱之為普通捷克語（obecná čeština），本教科書便是以普通捷克語為主，著重日常生活的口語表達能力。

1　https://www.czso.cz/csu/czso/population

關於捷克語的名詞

在初步認識捷克語的發展與使用現況後，讓我們接著來聚焦捷克語這個語言的本體輪廓吧。捷克語是一個具有「性」、「數」、「格」的拼音文字語言，無聲調，且重音大都在第一音節。對於母語為漢語的學習者而言，文法上的性別真的是很容易令人困惑，因為漢語並不存在性別範疇。除此之外，漢語的複數名詞也不一定要有標記，「孩子們」一詞即便沒有複數標記「們」，在上下文的輔助理解下，「孩子」有時也可以有複數的含意。然而，捷克語的名詞除了有單數、複數以及雙數之分，還有陽性、陰性以及中性的區別。另外，捷克語的名詞有七種格位變化，分別為「主格」、「屬格」、「間接受格」、「直接受格」、「工具格」、「處所格」以及「呼格」。舉例來說：

	主格	屬格	間接受格	直接受格	工具格	處所格	呼格
單數	student	student-a	student-u, -ovi	student-a	student-em	student-u, -ovi	student-e
複數	student-i	student-ů	student-ům	student-y	student-y	student-ech	student-i

在上表中，捷克語單詞「student」（學生）為陽性名詞，詞尾所附加的「格位標記」則是用來指出該詞在語句中的語法角色，例如，當它是語句中的主詞時，便會使用主格；而當它作為語句中的直接受詞時，則使用直接受格。同時，每個格位都有相應的單數與複數型。值得注意的是，與名詞直接相關的形容詞、代詞與數詞也須在語句中與名詞的「詞形」或稱「屈折」變化有著語法上性、數、格的一致性。

關於捷克語的動詞

除了名詞之外，捷克語的動詞則是另一個重要的詞類。捷克語的動詞除了必須隨著其主詞的性與數進行詞形變化之外，還有「時態」和「體態」兩大屈折變化。前者包括「過去式」、「現在式」與「未來式」；後者則有「完成體」和「未完成體」。捷克語的三種「時態」分別表示一個動作或狀態是在現在、過去或未來執行、發生或存在，至於動詞「體態」則是表示動作、事件、狀態或過程的時間內部結構。舉例說明請見下表[2]：

---

2 參見 Lin, M. S.-H. (2021). Tense and Aspect in Second Language Acquisition - Chinese learners of Czech. Taipei: Bookman Books.

體態＼時態	過去式	現在式	未來式
完成體	*napsal jsem* 「我寫完了」	--	*napíšu* 「我將會寫完」
未完成體	*psal jsem* 「我過去在寫」	*píšu* 「我正在寫」	*budu psát* 「我將在寫」

　　動詞「psat」（寫）是未完成體動詞，加上前綴na-就成為完成體動詞「napsat」（寫完）（附加前綴僅是動詞完成體和未完成體的構詞方式之一哦！）。所謂的完成體和未完成體的概念，簡單來說，前者可以用一張相片做比喻，表述動作或狀態的當下，而後者則像是段影片，強調動作或狀態的一段過程。例如，上表中的未完成體動詞的三種時態表述：「psal jsem」（我過去在寫）、「píšu」（我正在寫）、「budu psát」（我將在寫）皆強調過去在寫的那段過程、現在正在寫的過程、以及將來在寫的過程。然而，由於完成體動詞強調的是完成動作的當下，而那個當下永遠無法是講話的當下，因此現在時態的完成體動詞會有未來的含意，即強調「napíšu」（我將會寫完）；同樣地，過去時態的完成體動詞用來強調過去「napsal jsem」（我寫完了）那個當下。對於漢語母語者而言，捷克語動詞時態與體態相關的屈折變化真的不容易理解，畢竟在漢語中，體態並不以屈折形式出現，而是使用副詞或是助詞來修飾它們所依附的動詞體態。無論如何，相信在對捷克語這兩大重要詞類，即名詞和動詞，有了基本輪廓的認識之後，便更能掌握捷克語的基本特性。

關於捷克語的語句

　　當我們看到一個捷克語句：「Piju pivo.」（我在喝啤酒。），該語句中的「piju」是未完體動詞「pít」（喝）的第一人稱單數現在式形，所以「piju」在此意指「我在喝」，而語句中的「pivo」則是中性單數名詞的直接受格，即為這個語句中的直接受詞「啤酒」，因此從每個語句單位的詞形變化，便可得知其所扮演的語法角色。也因此，捷克語有著相對自由詞序的特性，即每個語句單位的詞序是可以適度自由調度的，例如先前的例句也可以為「Pivo piju.」（我在喝啤酒。）。然而，值得注意的是，捷克語的基本詞序仍歸屬於SVO（主詞－動詞－受詞）類型，而所謂相對自由詞序並不是完全任意的，語句中的組成成分必須尊重單詞和其他一些規則之間的邏

輯聯繫，在此前提下，說話者便可根據交流目標和情緒狀態來選擇詞序。

　　相信大家在對這個號稱世界最困難的語言之一的捷克語有了基礎概括的認識之後，在接下來的學習路途上，應該多少可以減少迷途的機會吧！值得一提的是，本教材內容的安排包括詞彙選擇都是參照CEFR（Common European Framework of Reference for Languages）歐洲語言共同參考架構A1捷克語程度所編撰的，相信各位在循序漸進按照課本進度學習捷克語的同時，也能開口說捷克語哦！

　　那現在就讓我們一起開始《我的第一堂捷語課》吧！

林蒔慧

2022年於台北

【使用指南 — Instrukce】

　　本書連同導論共分為十一課，每一課程的內容排序主要是依據詞彙與語法的難易程度循序漸進地進行編排，而每一課的內容架構則包括「會話」或「課文」、「單字與新詞」、「文法」、「文法練習」以及「課後迴響」，並且在每一課後都有捷克社會文化知識的補充：「捷知識」，俾使讀者在學習捷克語的同時，也可藉此更貼近使用捷克語的文化場域。此外，還有不時會出現的「溫馨小叮嚀」，此乃針對一些比較容易產生誤解或是學習障礙的部分進一步提出說明。

　　「會話」或「課文」的選擇主要是以生活化主題以及實用性為主，「單字與新詞」與「文法」則是參考歐洲語言共同參考架構（CEFR）A1捷克語程度所編撰的。其中，「單字與新詞」依照詞類以及字母順序排列，另再特別列出詞組與短句。「文法」則含括了名詞、形容詞、代名詞和數詞的性、數、格，並系統性地重點介紹了單複數主格、單複數直接受格、處所格與呼格；同時也介紹了動詞現在式與過去式，並且指出未完成體和完成體的基本區別，讓讀者對於捷克語動詞有基本且較全面的認識。而「課後迴響」則是呼應並加強與該課程相關的日常用語或會話。

　　為了加強讀者使用本書學習捷克語的效益，本書亦附有音檔，只要看見有附加符號🎧的章節，便可以找到相應的音檔，方便讀者可以重複聆聽並且覆誦學習。除此之外，本書還特別用顏色標示出所有與文法性別相關的詞語，陽性用藍色、陰性用紅色、中性則用綠色標示。如此一來，讀者在一邊學習時，一邊也同時可以不間斷地複習各個名詞、形容詞、代名詞和數詞的文法性別變化。並且，當遇到不因文法性別而改變的詞形，或是說三個文法性別共用的詞形，便會以粉紅色特別標示。

　　本書的最後附有「詞形變化總覽」，主要是為了讓讀者能系統性地掌握每個詞類的詞形變化。而隨後的「詞彙總表」則是列出本書出現過的單詞，並除了中文語意的說明之外，尚附加詞類說明、文法性別，以及動詞的單數第一人稱詞形變化、及物或不及物、完成體或未完成體等資訊。新版的「練習題解答」則在封面的QR Code，內有每一課「文法練習」的參考答案，方便讀者確認自己的學習是否達到目標。

目次 － Obsah

【序言 － Předmluva】..002
【使用指南 － Instrukce】..007
【縮寫對照表 － Zkratky】...014

導論 Úvod

- 【捷克語的字母與發音 － Česká abeceda a výslovnost】..........016
  - 【捷克字母總表 － Česká abeceda】.............................018
  - 【重音 － Přízvuk】..019
  - 【發音練習 － Výslovnost】......................................020
- 【捷知識 － Zajímavosti o Česku】.................................023

第一課 Lekce 1

日安！Dobrý den!

- 【會話 － Konverzace】...026
- 【單字與新詞 － Nová slova】......................................027
- 【文法 － Gramatika】..028
  - 【人稱代詞及 Be 動詞 － Osobní zájmena a sloveso **být**】.........028
  - 【陽性名詞、陰性名詞、中性名詞 － Rod substantiv】..............029
  - 【指示代名詞 － Demonstrativní zájmeno **ten**】..................029
  - 【陽性與陰性成對的名詞】.......................................030
- 【文法練習 － Cvičení】..032

- ☐ 【課後迴響：日常用語 － Čeština v praxi】.. 034
- ☐ 【捷知識 － Zajímavosti o Česku】... 035

第二課 Lekce 2

這是什麼 / 這是誰？ Co to je? / Kdo to je?

- ☐ 【課文 － Text】.. 038
- ☐ 【單字與新詞 － Nová slova】.. 039
- ☐ 【文法 － Gramatika】.. 041
  - ➤ 【形容詞 － Adjektiva】... 041
  - ➤ 【人稱所有格 － Posesivní zájmena】.. 044
  - ➤ 【疑問詞＜什麼？誰？怎麼樣的？誰的？＞－
    Otázky: **Co? Kdo? Jaký? Čí?**】... 047
- ☐ 【文法練習 － Cvičení】... 048
- ☐ 【課後迴響：會話 － Konverzace】... 050
- ☐ 【捷知識 － Zajímavosti o Česku】.. 051

第三課 Lekce 3

您好嗎？ / 你好嗎？ Jak se máte? / Jak se máš?

- ☐ 【會話 － Konverzace】.. 054
- ☐ 【單字與新詞 － Nová slova】.. 055
- ☐ 【文法 － Gramatika】.. 056
  - ➤ 【現在式 － Přítomný čas】.. 056
    - 【第 I 類動詞 － 原形動詞 **-at**】.. 057
    - 【第 II 類動詞 － 原形動詞 **-it, -et / ět**】................................. 057

　　　　【第 III 類動詞 － 原形動詞 -ovat】..................058
　　　　【動詞詞形變化分類的一些例外】..................058
　　　➢【時間副詞 － Adverbia časová】..................059
☐【文法練習 － Cvičení】..................060
☐【課後迴響：會話 － Konverzace】..................062
☐【捷知識 － Zajímavosti o Česku】..................063

第四課 Lekce 4

購物 I Nakupování I

☐【課文 － Text】..................066
☐【單字與新詞 － Nová slova】..................067
☐【文法 － Gramatika】..................068
　　➢【名詞單數直接受格 － Akuzativ singuláru podstatných jmen】..................068
　　➢【形容詞單數直接受格 － Akuzativ singuláru přídavných jmen】..................070
☐【文法練習 － Cvičení】..................072
☐【課後迴響：會話 － Konverzace】..................075
☐【捷知識 － Zajímavosti o Česku】..................076

第五課 Lekce 5

購物 II Nakupování II

☐【會話 － Konverzace】..................078
☐【單字與新詞 － Nová slova】..................079
☐【文法 － Gramatika】..................080
　　➢【數字 － Číslovky základní】..................080

- ➢【名詞複數主格－Nominativ plurálu podstatných jmen】.................082
- ➢【名詞複數直接受格－Akuzativ plurálu podstatných jmen】............083
- ➢【形容詞複數主格與複數直接受格－Nominativ a Akuzativ plurálu přídavných jmen】....................084
- ☐【文法練習－Cvičení】....................085
- ☐【課後迴響：日常用語－Čeština v praxi】....................088
- ☐【捷知識－Zajímavosti o Česku】....................089

第六課 Lekce 6

商店 / 在商店裡 Obchod / V obchodě

- ☐【會話－Konverzace】....................092
- ☐【單字與新詞－Nová slova】....................094
- ☐【文法－Gramatika】....................096
  - ➢【常見的商店名和商品－Obchody a výrobky】....................096
  - ➢【名詞單數處所格－Lokativ singuláru podstatných jmen】................100
- ☐【文法練習－Cvičení】....................103
- ☐【課後迴響：日常用語－Čeština v praxi】....................105
- ☐【捷知識－Zajímavosti o Česku】....................106

第七課 Lekce 7

在公園 V parku

- ☐【課文－Text】....................108
- ☐【單字與新詞－Nová slova】....................109
- ☐【文法－Gramatika】....................110

- ➤ 【所有格「自己的」－ Posesivní zájmeno **svůj**】.................. 110
- ➤ 【人稱代詞直接受格－ Akuzativ osobních zájmen】.................. 111
- ➤ 【名詞單數呼格－ Vokativ singuláru podstatných jmen】.................. 112
- ☐ 【文法練習－ Cvičení】.................. 114
- ☐ 【課後迴響：會話－ Konverzace】.................. 116
- ☐ 【捷知識－ Zajímavosti o Česku】.................. 117

第八課 Lekce 8

問路 Ptáme se na cestu.

- ☐ 【會話－ Konverzace】.................. 120
- ☐ 【單字與新詞－ Nová slova】.................. 122
- ☐ 【文法－ Gramatika】.................. 124
  - ➤ 【介系詞－ Předložky: **na, v / ve, do**】.................. 124
  - ➤ 【序數－ Řadové číslovky】.................. 126
  - ➤ 【情態動詞－ Modální slovesa: **moct, muset, smět, chtít**】.................. 126
- ☐ 【文法練習－ Cvičení】.................. 128
- ☐ 【課後迴響：會話－ Konverzace】.................. 130
- ☐ 【捷知識－ Zajímavosti o Česku】.................. 131

第九課 Lekce 9

在餐廳 V restauraci

- ☐ 【會話－ Konverzace】.................. 134
- ☐ 【單字與新詞－ Nová slova】.................. 136
- ☐ 【文法－ Gramatika】.................. 138

- ➢【程度副詞 － Adverbia míry】.. 138
- ➢【四種表示「喜歡」的句型 － 1. mám rád / a + 名詞直接受格 2. rád / -a ＋動詞 3. líbí se mi + 名詞主格 4. chutná mi ＋名詞主格】139
- ☐【文法練習 － Cvičení】.. 145
- ☐【課後迴響：日常用語 － Čeština v praxi】.. 147
- ☐【捷知識 － Zajímavosti o Česku】.. 149

第十課 Lekce 10

昨天 Včera

- ☐【課文 － Text】.. 152
- ☐【單字與新詞 － Nová slova】.. 153
- ☐【文法 － Gramatika】.. 154
  - ➢【過去式 － Minulý čas】.. 154
  - ➢【不定代詞與副詞 － Neurčitá zájmena a adverbia】.. 156
- ☐【文法練習 － Cvičení】.. 158
- ☐【課後迴響：會話 － Konverzace】.. 160
- ☐【捷知識 － Zajímavosti o Česku】.. 162

【詞形變化總覽 － Přehled české deklinace】.. 165

【詞彙總表 － Slovník】.. 173

【縮寫對照表 — Zkratky】

acc	直接受格	Ma	陽性動物性
Adj	形容詞	Mi	陽性非動物性
Adv	副詞	N	中性
dat	間接受格	nom	主格
determ	定向	PL	複數
F	陰性	pf	完成體
gen	屬格	Prep	介系詞
impf	未完成體	SG	單數
instr	工具格	Vi	非及物動詞
loc	處所格	Vt	及物動詞
M	陽性		

如何掃描 QR Code 下載檔案

1. 以手機內建的相機或是掃描 QR Code 的 App 掃描封面的 QR Code。
2. 點選「雲端硬碟」的連結之後，進入檔案清單畫面，接著點選畫面右上角的「三個點」。
3. 點選「新增至「已加星號」專區」一欄，星星即會變成黃色或黑色，代表加入成功。
4. 開啟電腦，打開您的「雲端硬碟」網頁，點選左側欄位的「已加星號」。
5. 選擇該檔案資料夾，點滑鼠右鍵，選擇「下載」，即可將檔案存入電腦。

Lekce 0

Úvod

導論

學習目標

1. 捷克字母與發音。
2. 捷克語重音。

捷克語的字母與發音 – Česká abeceda a výslovnost

　　捷克語總共有五個短母音、五個長母音、三個雙母音，故共有十三個母音。與其他語言相比，比較特別的是捷克語母音有長短之分，而且母音的長短具有辨義功能。例如，名詞「byt」（公寓）中的短母音變成長母音時，「být」便成為 Be 動詞的原型動詞。

【母音 – samohlásky】 🎧 MP3-01

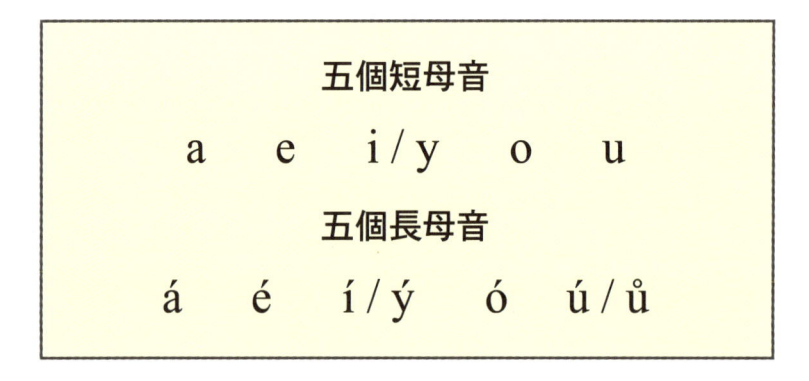

五個短母音
a　e　i / y　o　u
五個長母音
á　é　í / ý　ó　ú / ů

　　長音符號除了是在母音上一撇之外，還可以是一個小圈圈哦。例如 ú / ů，兩者都是相對於 u 的長母音。

【雙母音 – dvojhlásky】 🎧 MP3-01

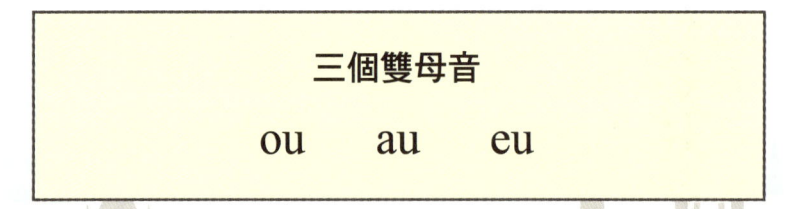

三個雙母音
ou　au　eu

捷克語共有二十五個子音,並且有硬音和軟音的區別。由於硬軟子音的區別與詞形變化相關(請參閱【詞形變化總覽 – Přehled české deklinace】),所以建議在一開始學習捷克語時,不要忽略硬軟子音區別的重要性哦!

硬軟子音的主要差別在於是否有附加符號,有附加符號的子音稱為軟子音,包括:Ž ž、Š š、Č č、Ř ř、Ď ď、Ť ť、Ň ň;另外兩個沒有附加符號的軟子音則為 C c 和 J j。其他所有子音則都被歸類為硬子音或中性子音。

【子音 – souhlásky】 MP3-02

子音還可以依清濁音區分為有聲子音和無聲子音。 MP3-02

有聲	b	v	d	ď	z	ž	g	h	r	l	m	n	ň	j	ř
無聲	p	f	t	ť	s	š	k	ch	-	-	-	-	-	c	č

捷克字母總表 — Česká abeceda

A a Á á	Ň ň
B b	O o Ó ó
C c	P p
Č č	Q q
D d	R r
Ď ď	Ř ř
E e É é	S s
F f	Š š
G g	T t
H h	Ť ť
Ch ch	U u Ú ú Ů ů
I i Í í	V v
J j	W w
K k	X x
L l	Y y Ý ý
M m	Z z
N n	Ž ž

重音 — Přízvuk

捷克語的重音位於單詞的第一音節，請練習下列的例子。 🎧 **MP3-03**

náměstí, **rá**dio, **po**čítač, **pe**ro, **re**publika

廣場　　收音機　　電腦　　鋼筆　　共和國

如果為介系詞詞組，重音則在單音節的介系詞上，並且介系詞會與後接的名詞連著一併念，聽起來會像只有一個單詞，而不是兩個單詞的詞組，請練習下列的例子。 🎧 **MP3-03**

ve městě, **na** poště, **nad** městem, **na** náměstí

在城市裡　　在郵局裡　　在城市上方　　在廣場上

發音練習 I － Výslovnost I

MP3-04

- a — á　　　　　Praha, mapa, máma, kavárna
- e — é　　　　　den, deset, déle, nejlépe
- i, y — í, ý　　　pil, bílý, slíbily, milými
- o — ó　　　　　potom, hovor, poledne, gól, haló
- u — ú, ů　　　　půjdu, únor, úterý, buchtu, pánům
- ou　　　　　　　moucha, louka, hloupou

- e, é — ě　　　　dej — děj, vede — vědě, téma — těma
- r — ř　　　　　dobré — dobře, rasa — řasa
- h — ch　　　　pohyby — pochyby, sluhu — sluchu

- č　　　　　　　černý, omáčka, Češka, Čech
- š　　　　　　　škoda, naše, taška
- ž　　　　　　　protože, žlutý, manžel

發音練習 II － Výslovnost II

- b - p   bít / být - pít
- d - t   dát - tát
- ď - ť   dělit se - těšit se
- g - k   Grónsko - Kuba
- h - ch   hlad - chlad
- v - f   ve Francii
- z - s   zima - síla
- ž - š   žena - Šárka

發音練習 III － Výslovnost III

🎧 MP3-06

- ď, ť, ň ＋ e ＝ dě, tě, ně

  dělám, na stěně

  ＋ i ＝ di, ti, ni

  divadlo, naproti, nic

  ＋ í ＝ dí, tí, ní

  svítí, není, dívat se

發音練習 IV － Výslovnost IV

🎧 MP3-07

- b, p, v ＋ ě ＝ bje, pje, vje

  běžet, spěchat, věřit

- m ＋ ě ＝ mně

  město, měsíc, měnit, Mělník, náměstí

捷知識 — Zajímavosti o Česku

　　捷克民間傳說稱六至七世紀率領第一批斯拉夫族人從喀爾巴阡山北麓遷徙至波西米亞地區定居的族長名為 Čech。相傳他帶領著族人抵達離現今捷克首都布拉格約 30 公里的 Říp 山。當他站在約 460 公尺高的山上，環顧四周的風景，同時宣告了他與族人們已經抵達上帝應許之地，並於此定居。後人為了感念他，將波西米亞地區以他的名字命名，稱為 Čechy，而居住在這個地區的人民稱為 Čech，也就是「捷克人」的意思。

Lekce 1

Dobrý den!
日安！

學習目標

1. 捷克語名詞的文法性別。
2. 捷克語的人稱代詞與「Be」動詞。
3. 初次見面的問候。

會話 － Konverzace

MP3-08

【彼得和楊娜初次見面的對話 － První setkání】

Petr:	Dobrý den! Jsem Petr.	日安！我是彼得。
Jana:	Jsem Jana. Těší mě.	我是楊娜。很高興認識你。
Petr:	Jste studentka?	妳是（女）學生嗎？
Jana:	Ano, jsem studentka.	是的，我是女學生。
Petr:	Je Dana taky studentka?	戴娜也是（女）學生嗎？
Jana:	Ne, ona není studentka. Ona je učitelka.	不是，她不是（女）學生。她是（女）老師。
Petr:	Na shledanou!	再見！
Jana:	Na shledanou!	再見！

單字與新詞 — Nová slova

MP3-09

名詞

- student / student-ka   男學生 (Ma) / 女學生 (F)
- učitel / učitel-ka   男老師 (Ma) / 女老師 (F)

副詞

- také / taky   也

詞組 / 短句

- Dobrý den.   日安。
- Na shledanou.   再見。
- Těší mě.   很高興認識你。

文法 — Gramatika

A.【人稱代詞及 Be 動詞 — Osobní zájmena a sloveso být】

捷克語的人稱代詞分為第一人稱、第二人稱以及第三人稱，且有單複數之別。其中，比較值得注意的是捷克語的第三人稱單數以及複數尚有陽性、陰性以及中性的區別。整理如下表所示：

人稱	單數	Be 動詞	複數	Be 動詞
一	já 我	jsem ***nejsem***	my 我們	jsme ***nejsme***
二	ty 你	jsi ***nejsi***	vy 你們 Vy 您	jste ***nejste***
三	on 他 ona 她 ono 它	je ***není***	oni 他們 ony 她們 ona 它們	jsou ***nejsou***

> 除了第三人稱單數之外，Be 動詞的否定僅需在 Be 動詞前加上前綴 ne- 即可。第三人稱單數的 Be 動詞否定，則改寫為 není，如上表所示。

> 第二人稱複數的人稱代詞「vy」除了可以表示為「你們」，當大寫時「Vy」還可以表示為第二人稱單數的尊稱「您」。此外，在非正式書寫時，若欲表現尊敬之意，也常常會將第二人稱單數的人稱代詞「ty」（你）以大寫「Ty」表示。

B. 【陽性名詞、陰性名詞、中性名詞 － Rod substantiv】

捷克語的名詞有陽性、陰性以及中性之分。基本上是以名詞詞尾的語音作為區分的基準，例如以子音結尾的名詞通常為陽性名詞，以 -a 母音結尾的名詞通常為陰性名詞，以 -o 母音結尾的名詞則通常為中性名詞，但是皆有一些例外。詞形變化請見下表：

	硬音結尾	軟音結尾
陽性動物性名詞（Ma） 陽性非動物性名詞（Mi）	student 男學生 sešit 筆記本	muž 男人 pokoj 房間
陰性名詞（F）	žena 女人	židle 椅子 skříň 櫃子 místnost 空間
中性名詞（N）	město 城市	moře 海 kuře 雞 náměstí 廣場

> 在詞形變化表中，陽性名詞會再區分為動物性名詞 (Ma) 以及非動物性名詞 (Mi)，主要是因為陽性名詞的格位變化會依動物性或非動物性而有所不同。關於名詞的格位變化將會於第四課之後陸續介紹討論。

C. 【指示代名詞 － Demonstrativní zájmeno ten】

捷克語的名詞具有陽性、陰性以及中性的區分，同樣地，伴隨名詞出現的指示代名詞也具有文法性別的區分。整理如下表所示：

陽性動物性名詞 (Ma) 陽性非動物性名詞 (Mi)	ten 這
陰性名詞 (F)	ta 這
中性名詞 (N)	to 這

D. 【陽性與陰性成對的名詞】

捷克語中有些陽性名詞通常有其相對應的陰性名詞，且所對應的陰性名詞通常是由陽性名詞「附加後綴」構形衍生而成，而這些後綴常見的有 -ka、-nice 等。下表中列出幾個比較典型且常見的例子：

陽性名詞		陰性名詞	
\-ø → -ka				
student	男學生	studentka	女學生
kamarád	男性朋友	kamarádka	女性朋友
Američan	美國男人	Američanka	美國女人
lektor	男講師	lektorka	女講師
učitel	男教師	učitelka	女教師
ředitel	男經理	ředitelka	女經理
doktor	男醫生	doktorka	女醫生
prodavač	男售貨員	prodavačka	女售貨員
有些陽性名詞衍生成為陰性名詞時，詞尾還會先有些語音變化哦。				
\-ø → -ka				
Čech	捷克男人	Češka	捷克女人
Slovák	斯洛伐克男人	Slovenka	斯洛伐克女人
cizinec	外國男人	cizinka	外國女人
-ník → -nice				
úředník	男辦事員	úřednice	女辦事員
tlumočník	男口譯員	tlumočnice	女口譯員
\-ø / -a → -yně				
přítel	男朋友	přítelkyně	女朋友
kolega	男同事	kolegyně	女同事

姓氏稱謂的陰陽性對應			
pan Novák	諾瓦克先生	paní Nováková	諾瓦克女士
pan Černý	黑先生	paní Černá	黑女士
名字的陰陽性對應			
Petr	彼得（男子名）	Petra	佩特拉（女子名）
Karel	查理（男子名）	Karla	卡爾拉（女子名）

文法練習 － Cvičení

A. 請將下列的名詞依性別歸類。

hotel, pivo, restaurace, mapa, obchod, kamarádka, divadlo, pero, kniha, nádraží, moře, kavárna, kluk, holka, rádio, auto, postel.

M：_____

F：_____

N：_____

B. 請填入適當的 Be 動詞。

- Dana _____ studentka. 戴娜是女學生。

- Pavel _____ student. 保羅是男學生。

- Pavel a Dana _____ studenti. 保羅和戴娜是學生（們）。

- Vy _____ studenti? Ne, _____.
  你們是學生（們）嗎？ 不，我們不是。

- Ty _____ taky studentka? 你也是女學生嗎？

- Já _____ profesor. 我是男教授。

- Ona _____ studentka, _____ učitelka.
  她是女學生，不是女老師。

- To _____ učebnice. To _____ slovník.
  這是教科書。這不是字典。

C. 請寫出對應的陰性名詞。

- kamarád   男性朋友   - _____
- lektor   男講師   - _____
- doktor   男醫生   - _____
- ředitel   男經理   - _____
- přítel   男朋友   - _____
- cizinec   外國男人   - _____
- úředník   男辦事員   - _____
- prodavač   男售貨員   - _____

D. 請依照名詞的文法性別，填寫合適的指示代名詞（ten, ta, to）。

- _____ dům   這棟房子。
- _____ židle   這張椅子。
- _____ slovník   這本字典。
- _____ žena   這位女人。
- _____ město   這個城市。
- _____ pokoj   這個房間。
- _____ náměstí   這個廣場。
- _____ místnost   這個空間。

課後迴響：日常用語 — Čeština v praxi

🎧 MP3-10

Dobré ráno.	早安。
Dobrý den.	日安。
Dobrý večer.	晚安。
Dobrou noc.	晚安。（通常用於睡前）
Ahoj.	哈囉、再見。（口語）
Čau.	哈囉、再見。（口語）
Na shledanou.	再見。
Děkuji / Děkuju / Díky.	感謝 / 謝謝 / 謝嘍。（越往右越口語化）
Prosím.	請。
Není zač.	不客氣。
Promiňte.	抱歉。
Nerozumím.	不瞭解、不懂。
Nevím.	不知道。
Mluvte pomalu, prosím.	請說話慢一點。
Mluvte nahlas, prosím.	請說話大聲一點。
Pozor!	小心、注意！

捷知識 — Zajímavosti o Česku

　　捷克的傳統命名大部分都與聖經上提及的名字相關，源於基督教會紀念聖徒與受難者的節日。而這些名字也是一年中每一天的命名，稱之為命名日「svátek」（不過這個字詞還有另外一個詞義，即表示一般的節日）。例如 11 月 11 日是 Martin 日，名叫 Martin 的人在那一天大都會收到親朋好友的祝福。或是 1 月 24 日是 Milena 日，名叫 Milena 的人也會將那一天標示為屬於自己的節目。所以，捷克人除了生日那天，每年還有一個命名日可以慶祝哦！

Lekce 2

Co to je? / Kdo to je?
這是什麼 / 這是誰?

學習目標

1. 捷克語的形容詞。
2. 捷克語的疑問詞:「co」(什麼)、「kdo」(誰)、「jaký」(怎麼樣的)、「čí」(誰的)。

課文 — Text

🎧 MP3-11

Co to je?	這是什麼？
To je dům.	這是房子。
To je můj dům.	這是我的房子。
Jaký je dům?	是怎麼樣的房子？
Můj dům je velký a moderní.	我的房子是大且現代化的。
Kdo je ta žena ?	這位女人是誰？
Ona je učitelka.	她是女老師。
Ona je moje učitelka.	她是我的女老師。
Jaká je učitelka?	是怎麼樣的女老師？
Moje učitelka je mladá a elegantní.	我的女老師是年輕且優雅的。
Co to je?	這是什麼？
To je auto.	這是汽車。
To je moje auto.	這是我的汽車。
Jaké je auto?	是怎麼樣的汽車？
Moje auto je nové a kvalitní.	我的汽車是新且優質的。

單字與新詞 － Nová slova

🎧 MP3-12

名詞

- auto — 汽車 (N)
- dům — 房子 (Mi)
- žena — 女人 (F)

形容詞

- elegantní / elegantní / elegantní — 優雅的
- hezký / hezká / hezké — 漂亮的
- kvalitní / kvalitní / kvalitní — 優質的
- mladý / mladá / mladé — 年輕的
- moderní / moderní / moderní — 現代化的
- nový / nová / nové — 新的
- velký / velká / velké — 大的

人稱所有格

- můj / moje, má / moje, mé 我的

疑問詞

- co   什麼
- kdo   誰
- jaký / jaká / jaké   怎麼樣的、如何的

文法 – Gramatika

A. 【形容詞 – Adjektiva】

　　形容詞會依所修飾的名詞在文法中的性別做詞尾變化。如果所修飾的名詞為陽性名詞，硬音結尾的形容詞詞尾則為 -ý；如果所修飾的名詞為陰性名詞，硬音結尾的形容詞詞尾則為 -á；如果所修飾的名詞為中性名詞，硬音結尾的形容詞詞尾則為 -é。換言之，一個形容詞基本上會有三種詞形變化，如 velký / velká / velké，依序所修飾的名詞為陽性 / 陰性 / 中性。

　　此外，如果形容詞是以軟音結尾，如 -í，則該形容詞詞尾不會因所修飾的名詞性別而有詞形變化，詞尾將保持不變。整理如下表所示：

	硬音結尾的形容詞	軟音結尾的形容詞
M	velký dům　大房子	televizní program　電視節目
F	nová kniha　新書	moderní budova　現代化建築
N	černé pero　黑筆	cizí město　外國 / 陌生的城市

> 【疑問詞：怎麼樣的？如何的？ – Jaký? / Jaká? / Jaké?】

　　詢問「怎麼樣的？如何的？」的疑問詞通常置於句首，並且會依所修飾的名詞之性、數、格而產生詞形變化。舉例說明如下：

M	Jaký je dům? Dům je velký.	怎麼樣的房子？ 房子是大的。
F	Jaká je kniha? Kniha je nová.	怎麼樣的書？ 書本是新的。
N	Jaké je pero? Pero je černé.	怎麼樣的筆？ 筆是黑色的。

> 【疑問詞「jaký」（怎麼樣的）和形容詞與所修飾的名詞】

捷克語的疑問詞「jaký」（怎麼樣的）與形容詞皆需要與所修飾的名詞具有性、數、格在文法上的一致性。舉例說明如下：

	疑問詞	形容詞	名詞
M	Jaký? →	velký	student / sešit / obraz / pokoj 男學生 / 筆記本 / 圖畫 / 房間
F	Jaká? →	velká	studentka / lampa / židle / skříň 女學生 / 檯燈 / 椅子 / 櫃子
N	Jaké? →	velké	město / okno / moře / náměstí 城市 / 窗戶 / 海洋 / 廣場

> 【指示詞：ten / ta / to】

捷克語的名詞不一定要伴隨指示詞，但若加上指示詞，則表示加強語氣，用以描寫具體的事物。

M	Jaký je ten dům? Ten dům je velký.	這是怎麼樣的房子？ 這間房子是大的。
F	Jaká je ta kniha? Ta kniha je nová.	這是怎麼樣的書？ 這本書是新的。
N	Jaké je to pero? To pero je černé.	這是怎麼樣的筆？ 這支筆是黑色的。

> 【一些常用的形容詞】

velký － malý	大的 － 小的	velký dům	大房子
		malý dům	小房子
starý － nový	舊的 － 新的	stará kniha	舊書
		nová kniha	新書
starý － mladý	老的 － 年輕的	starý muž	老人
		mladý muž	年輕人
černý － bílý	黑的 － 白的	černé pero	黑筆
		bílé pero	白筆
drahý － levný	昂貴的 － 便宜的	drahé rádio	昂貴的收音機
		levné rádio	便宜的收音機
hezký － ošklivý	漂亮的 － 醜陋的	hezká žena	漂亮的女人
		ošklivá žena	醜陋的女人
český － čínský	捷克的 － 中國的	české auto	捷克的汽車
		čínské auto	中國的汽車

B. 【人稱所有格 – Posesivní zájmena】

捷克語的人稱所有格有著第一人稱、第二人稱、第三人稱以及單數與複數的區別，並且會因所修飾的名詞在文法中的性別再細分為陽性、陰性以及中性的人稱所有格。整理如下表所示：

單數人稱	所有格＋名詞	複數人稱	所有格＋名詞
我 já	(Mi) můj ＋ sešit 我的筆記本 (Ma) můj ＋ bratr 我的兄弟 (F) moje / má ＋ sestra 我的姊妹 (N) moje / mé ＋ auto 我的汽車	我們 my	(Mi) náš ＋ sešit 我們的筆記本 (Ma) náš ＋ bratr 我們的兄弟 (F) naše ＋ sestra 我們的姊妹 (N) naše ＋ auto 我們的汽車
你 ty	(Mi) tvůj ＋ dům 你的房子 (Ma) tvůj ＋ syn 你的兒子 (F) tvoje / tvá ＋ dcera 你的女兒 (N) tvoje / tvé ＋ rádio 你的收音機	你們 / 您 vy / Vy	(Mi) váš / Váš ＋ dům 你們的 / 您的房子 (Ma) váš / Váš ＋ syn 你們的 / 您的兒子 (F) vaše / Vaše ＋ dcera 你們的 / 您的女兒 (N) vaše / Vaše ＋ rádio 你們的 / 您的收音機
他 on 她 ona	(Mi) jeho / její ＋ čaj 他 / 她的茶 (Ma) jeho / její ＋ pes 他 / 她的狗 (F) jeho / její ＋ voda 他 / 她的水 (N) jeho / její ＋ pivo 他 / 她的啤酒	他們 oni 她們 ony	(Mi) jejich ＋ čaj 他 / 她們的茶 (Ma) jejich ＋ pes 他 / 她們的狗 (F) jejich ＋ voda 他 / 她們的水 (N) jejich ＋ pivo 他 / 她們的啤酒

> 【單數人稱所有格的一些例句】

單數第一人稱	(Ma)	To je kamarád. 這是（男性）朋友。	To je můj kamarád. 這是我的（男性）朋友。
	(Mi)	To je slovník. 這是字典。	To je můj slovník. 這是我的字典。
	(F)	To je kniha. 這是書。	To je moje kniha. 這是我的書。
	(N)	To je auto. 這是車子。	To je moje auto. 這是我的車子。
單數第二人稱	(Ma)	To je bratr. 這是哥哥／弟弟。	To je tvůj bratr. 這是你的哥哥／弟弟。
	(Mi)	To je pokoj. 這是房間。	To je tvůj pokoj. 這是你的房間。
	(F)	To je učebnice. 這是教科書。	To je tvoje učebnice. 這是你的教科書。
	(N)	To je pero. 這是鋼筆。	To je tvoje pero. 這是你的鋼筆。
單數第三人稱	(Ma)	To je syn. 這是兒子。	To je jeho syn. 這是他的兒子。
	(Mi)	To je slovník. 這是字典。	To je jeho slovník. 這是他的字典。
	(F)	To je kamarádka. 這是（女性）朋友。	To je jeho kamarádka. 這是他的（女性）朋友。
	(N)	To je rádio. 這是收音機。	To je jeho rádio. 這是他的收音機。
	(Ma)	To je pes. 這是狗。	To je její pes. 這是她的狗。
	(Mi)	To je obraz. 這是圖畫。	To je její obraz. 這是她的圖畫。
	(F)	To je lampa. 這是檯燈。	To je její lampa. 這是她的檯燈。
	(N)	To je okno. 這是窗戶。	To je její okno. 這是她的窗戶。

> 【複數人稱所有格的一些例句】

複數第一人稱	(Ma)	To je učitel. 這是男老師。	To je náš učitel. 這是我們的男老師。
	(Mi)	To je obchod. 這是商店。	To je náš obchod. 這是我們的商店。
	(F)	To je učitelka. 這是女老師。	To je naše učitelka. 這是我們的女老師。
	(N)	To je auto. 這是車子。	To je naše auto. 這是我們的車子。
複數第二人稱	(Ma)	To je student. 這是男學生。	To je váš / Váš student. 這是你們的 / 您的男學生。
	(Mi)	To je stůl. 這是桌子。	To je váš / Váš stůl. 這是你們的 / 您的桌子。
	(F)	To je studentka. 這是女學生。	To je vaše / Vaše studentka. 這是你們的 / 您的女學生。
	(N)	To je město. 這是城市。	To je vaše / Vaše město. 這是你們的 / 您的城市。
複數第三人稱	(Ma)	To je kamarád. 這是（男性）朋友。	To je jejich kamarád. 這是他 / 她們的（男性）朋友。
	(Mi)	To je dům. 這是房子。	To je jejich dům. 這是他 / 她們的房子。
	(F)	To je škola. 這是學校。	To je jejich škola. 這是他 / 她們的學校。
	(N)	To je auto. 這是車子。	To je jejich auto. 這是他 / 她們的車子。

> 【人稱所有格的疑問詞＜誰的？＞－Otázky＜Čí?＞】

當詢問人稱所有格時，所使用的疑問詞是「Čí」（誰的），相關的使用方法與練習請見下方。

C. 【疑問詞＜什麼？誰？怎麼樣的？誰的？＞－ Otázky ＜ Co? Kdo? Jaký? Čí? ＞】

在第二課和第三課中，我們共提及了四個通常用於句首的捷克語疑問詞，它們分別是：什麼？/ 誰？/ 怎麼樣的？/ 誰的？

- Co? / Kdo? / Jaký? / Čí?

基本上，一旦能掌握疑問詞的用法，便能增進會話能力哦。請試著以這四個疑問詞做問句練習。

問：	答：
Co to je? 這是什麼？	To je dům. 這是房子。 To je lampa. 這是檯燈。 To je auto. 這是汽車。
Kdo to je? 這是誰？	To je student. 這是男學生。 To je studentka. 這是女學生。 To je dítě. 這是小孩。
Jaký je stůl? 怎麼樣的桌子？ **Jaká** je žena? 怎麼樣的女人？ **Jaké** je auto? 怎麼樣的汽車？	Stůl je malý. 桌子是小的。 Stůl je moderní. 桌子是現代化的。 Žena je stará. 女人是老的。 Žena je elegantní. 女人是優雅的。 Auto je drahé. 汽車是昂貴的。 Auto je cizí. 汽車是外國的。
Čí je ten slovník? 這字典是誰的？	Ten slovník je můj. 這字典是我的。 To je jejich slovník. 這是他/她們的字典。

文法練習 – Cvičení

A. 請依照下列名詞的性別，填入合適的形容詞。

- _____ počítač 電腦
- _____ pero 鋼筆
- _____ kino 電影院
- _____ mapa 地圖
- _____ slovník 字典
- _____ kniha 書本

B. 請依劃底線部分造問句。

- _____ ? To je jejich dům. 這是他們的房子。
- _____ ? Ta kniha je česká. 這本書是捷克的。
- _____ ? Tady je stůl. 這裡是桌子。
- _____ ? Ten slovník je starý. 這本字典是舊的。
- _____ ? Píšu dlouhý dopis. 我在寫長信。
- _____ ? Kupuji velký slovník. 我在買大的字典。

C. 請使用括弧內的人稱代名詞回答下列問題。

- Čí je to auto? (my) 這是誰的汽車？
  _____

- Čí je ta kniha? (on) 這是誰的書？
  _____

- Čí je ten kamarád? (ona) 這是誰的朋友？
  _____

- Čí je to pero? (vy) 這是誰的鋼筆？
  _____

- Čí je ten dům? (oni) 這是誰的房子？
  _____

D. 請使用括弧內的形容詞回答下列問題。

- Jaký je dům? (velký) 房子是怎麼樣的？
  _____

- Jaké je pero? (černý) 鋼筆是怎麼樣的？
  _____

- Jaký je obraz? (malý) 圖畫是怎麼樣的？
  _____

- Jaká je holka? (hezký) 女孩是怎麼樣的？
  _____

- Jaké je auto? (moderní) 汽車是怎麼樣的？
  _____

課後迴響：會話 － Konverzace

🎧 MP3-13

【正式的初次見面會話－您是誰？ Kdo jste?】

- Petr：Dobrý den. Kdo **jste**?
  日安。您是誰？

- Jana：Jsem **vaše** nová učitelka. Jmenuji se Jana. A **Vy**?
  我是你們的新（女）老師。我的名字是楊娜。您呢？

- Petr：Jmenuji se Petr.
  我的名字是彼得。

【較口語的初次見面會話 － 你是誰？ Kdo jsi?】

- Petr：**Ahoj**！ Kdo **jsi**?
  嗨！你是誰？

- Jana：Jsem nová studentka. Jmenuji se Jana. A **ty**?
  我是新（女）學生。我名叫楊娜。你呢？

- Petr：Jsem také student. Jmenuji se Petr.
  我也是（男）學生。我名叫彼得。

捷知識 — Zajímavosti o Česku

　　捷克人很注重學位頭銜，為什麼這麼說呢？因為在名片、住家門牌甚至是保險卡上，通常在主人的姓名前都會看到其最高學位頭銜。從這一點來說，捷克人是很尊重專業學位的哦！

　　學位頭銜大都是以縮寫呈現，所以要看懂這些縮寫也不容易。舉例來說：

Bc.：學士

BcA.：藝術專業學士

Ing.：經濟、科技、農林等專業領域碩士

Mgr.：一般專業碩士

MUDr.：醫學博士

MDDr.：牙醫博士

PhDr.：人文社會科學、教育學等專業領域博士

JUDr.：法學博士

　　所以，下次看到捷克人的名片或是門牌上的學位頭銜時，在第一次見面時不妨稱呼對方為博士先生或是碩士先生哦！

Lekce 3

Jak se máte? / Jak se máš?
您好嗎？／你好嗎？

學習目標

1. 捷克語的現在式動詞。
2. 捷克語的時間副詞。
3. 基本問候會話。

會話 – Konverzace

🎧 MP3-14

【正式的問候會話 – 您好嗎？ Jak se **máte**?】

- Petr：**Dobrý den**! Jak se **máte**? 日安！您好嗎？
- Jana：Děkuji, dobře. 謝謝，很好。
- Petr：**Máte** teď čas? 您現在有時間嗎？
- Jana：Nemám. Čas mám odpoledne. 沒有。我下午有時間。

【較口語的問候會話 – 你好嗎？ Jak se **máš**?】

- Petr：**Ahoj**! Jak se **máš**? 嗨！你好嗎？
- Jana：Děkuju, dobře. 謝謝，很好。
- Petr：**Máš** teď čas? 你現在有時間嗎？
- Jana：Nemám. Čas mám odpoledne. 沒有。我下午有時間。

單字與新詞 — Nová slova

MP3-15

名詞

- čas 時間 (Mi)
- odpoledne 下午 (N)

動詞

- děkovat (*děkuji*) 謝謝 (Vi) (impf)
- mít (*mám*) 有 (Vt) (impf)
- mít se (*mám se*) 有＋反身詞 se (impf)

副詞

- dobře 好
- teď 現在

詞組 / 短句

- Jak se máte? 您好嗎？
- Jak se máš? 你好嗎？

文法 – Gramatika

A.【現在式 – Přítomný čas (prézens)】

捷克語的動詞現在式依不同人稱而有不同的詞形變化，原則上依據動詞的詞形變化可將動詞分為三大類：第 I 類動詞為字尾為 -at 的原形動詞；第 II 類動詞為字尾為 -it 或 -et / -ět 的原形動詞；第 III 類動詞為字尾為 -ovat 的原形動詞。整理如下所示：

人稱	I. 原形動詞 -at dělat 做	II. 原形動詞 -it, -et / -ět mluvit 說	III. 原形動詞 -ovat stud**ovat** 學習
já	děl**ám**	mluv**ím**	stud**uji / u**
ty	děl**áš**	mluv**íš**	stud**uješ**
on / ona	děl**á**	mluv**í**	stud**uje**
my	děl**áme**	mluv**íme**	stud**ujeme**
vy / Vy	děl**áte**	mluv**íte**	stud**ujete**
oni / ony	děl**ají**	mluv**í**	stud**ují / ou**

當否定時，直接在動詞前加上前綴 ne-，舉例說明：

人稱	**ne**dělat 不做
já	**ne**děl**ám**
ty	**ne**děl**áš**
on / ona	**ne**děl**á**
my	**ne**děl**áme**
vy / Vy	**ne**děl**áte**
oni / ony	**ne**děl**ají**

以下分別以三大類動詞詳述其相應的詞形變化：

➢ 【第 I 類動詞 — 原形動詞 -at】

人稱	znát 知道	čekat 等待	odpovídat 回答
já	znám	čekám	odpovídám
ty	znáš	čekáš	odpovídáš
on / ona	zná	čeká	odpovídá
my	známe	čekáme	odpovídáme
vy / Vy	znáte	čekáte	odpovídáte
oni / ony	znají	čekají	odpovídají

溫馨小叮嚀

「mít」（有）的詞形變化屬於第一類動詞，即便其原形動詞結尾並不是 -at。由於這個動詞使用頻率很高，所以要特別注意哦！

➢ 【第 II 類動詞 — 原形動詞 -it, -et / -ět】

人稱	prosit 請	myslet 想	rozumět 瞭解
já	prosím	myslím	rozumím
ty	prosíš	myslíš	rozumíš
on / ona	prosí	myslí	rozumí
my	prosíme	myslíme	rozumíme
vy / Vy	prosíte	myslíte	rozumíte
oni / ony	prosí	myslí	rozumí / rozumějí

> 【第 III 類動詞 — 原形動詞 -ovat】

人稱	pracovat 工作	děkovat 謝謝	kupovat 買
já	pracuji / u	děkuji / u	kupuji / u
ty	pracuješ	děkuješ	kupuješ
on / ona	pracuje	děkuje	kupuje
my	pracujeme	děkujeme	kupujeme
vy / Vy	pracujete	děkujete	kupujete
oni / ony	pracují / ou	děkují / ou	kupují / ou

> 【動詞詞形變化分類的一些例外】

mít 有	číst 讀	psát 寫	pít 喝
mám	čtu	píši / píšu	piji / piju
máš	čteš	píšeš	piješ
má	čte	píše	pije
máme	čteme	píšeme	pijeme
máte	čtete	píšete	pijete
mají	čtou	píší / píšou	pijí / pijou

jít 走（步行）	jet 走（以交通工具）	jíst 吃	spát 睡
jdu	jedu	jím	spím
jdeš	jedeš	jíš	spíš
jde	jede	jí	spí
jdeme	jedeme	jíme	spíme
jdete	jedete	jíte	spíte
jdou	jedou	jedí	spí

B. 【時間副詞 － Adverbia časová】

捷克語的時間副詞沒有詞形變化，因此對於學習者來說，相較於捷克語的名詞和動詞，比較沒有學習上的困難。如課文的例子所示：

- Čas mám **odpoledne**. 我**下午**有時間。

下表則為常見的時間副詞：

dnes, dneska	今天
ráno	早晨
dopoledne	上午
v poledne	中午
odpoledne	下午
večer	晚上
v noci	夜晚
o půlnoci	午夜

文法練習 — Cvičení

A. 動詞詞形變化練習。

- Petr：Co děláš?　　　　　　　你在做什麼？

- Jana：_____ (studovat) a _____ (pracovat).
  （我）在學習和工作。

- Petr：Co dělá Pavel?　　　　　保羅在做什麼？

- Jana：_____ (studovat) a _____ (pracovat).
  （他）在學習和工作。

- Petr：Co děláte?　　　　　　　你們在做什麼？

- Jana：_____ (studovat) a _____ (pracovat).
  （我們）在學習和工作。

B. 請在下列動詞前面加上相符的人稱代詞。

- _____ čtu.
- _____ studujeme.
- _____ mluvíte.
- _____ jedu.

- _____ pracují.
- _____ beru.
- _____ čekáte

C. 請填寫合適的動詞變化。

- Dana _____ (bydlet) tady.　　　　　戴娜住在這裡。

- Já _____ (mluvit) česky.　　　　　我說捷克語。

- Jana _____ (psát) dlouhý dopis.　　　楊娜正在寫封長信。

- David _____ (učit) češtinu.　　　　　大衛在教捷克語。

- Ty _____ (číst) novou knihu.　　　　你正在閱讀新書。

- Já _____ (pít) kávu.　　　　　　　我喝咖啡。

- Oni _____ (studovat) každý den.　　　他們每天學習。

- Petr _____ (jíst) v restauraci.　　　　彼得在餐廳吃東西。

- Vy _____ (umět) španělsky?　　　　您學習西班牙語嗎？

- Adam _____ (jít) do školy.　　　　　亞當去學校。

課後迴響：會話 — Konverzace

🎧 MP3-16

【正式的初次見面會話－您從哪裡來？Odkud jste?】

- Petr：**Dobrý den**. Já jsem Petr.
  日安。我是彼得。

- Jana：Těší mě. Já jsem Jana. Odkud **jste**?
  很高興認識您。我是楊娜。您從哪裡來？

- Petr：Jsem z České republiky. A **Vy**?
  我是從捷克來的。您呢？

- Jana：Jsem taky z České republiky. (Jsem z Taiwanu)
  我也是從捷克來的。（我是從台灣來的。）

【較口語的初次見面會話 － 你從哪裡來？Odkud jsi?】

- Petr：**Ahoj**! Já jsem Petr. 嗨！我是彼得。

- Jana：Těší mě. Já jsem Jana. Odkud **jsi**?
  很高興認識你。我是楊娜。你從哪裡來？

- Petr：Jsem z České republiky. A **ty**?
  我是從捷克來的。你呢？

- Jana：Jsem taky z České republiky. (Jsem z Taiwanu)
  我也是從捷克來的。（我是從台灣來的。）

Lekce 3 Jak se máte? / Jak se máš?   063

捷知識 — Zajímavosti o Česku

　　捷克第一大城也是首都——布拉格，其名稱是從何而來呢？捷克民族傳說中有一說法是，於西元七至八世紀預言並建立捷克第一個王朝普熱米斯（Přemyslovci）王朝的莉布舍（Libuše）女王，相傳有一日她站在高堡（Vyšehrad；位於現今布拉格市南端沿河而建的城堡）旁鄰近伏爾塔瓦河的岩石懸崖上，望著遠方，預言將出現一個偉大的城市，且那城市的榮耀將直達天上的繁星，整個世界都將要讚美它。於是，她便派遣官員去找那預言之地。當官員抵達佩丘（Petřín；現今布拉格城堡南側的丘陵）時，他們在那裡看到正在工作的工人們，便隨口問他們這裡是哪裡。工人們誤以為官員詢問他們在做什麼，於是回答正在製作門檻（práh）。於是，在官員回報後，莉布舍女王便以此命名該預言之城，也就是現今的布拉格（Praha）。

莉布舍（Libuše）女王與其夫婿普熱米斯（Přemysl）

Lekce 4

Nakupování I

購物 I

學習目標

1. 捷克語的單數名詞直接受格。
2. 捷克語的單數形容詞直接受格。

課文 — Text

🎧 MP3-17

Jana čeká na Petra.	楊娜在等待彼得。
Jdou spolu nakupovat.	他們一起去購物。
Potřebují dárek pro Danu.	他們需要一個給戴娜的禮物。
Kupují knihu a pero.	他們買書和鋼筆。
Potom jdou na procházku.	然後,他們去散步。

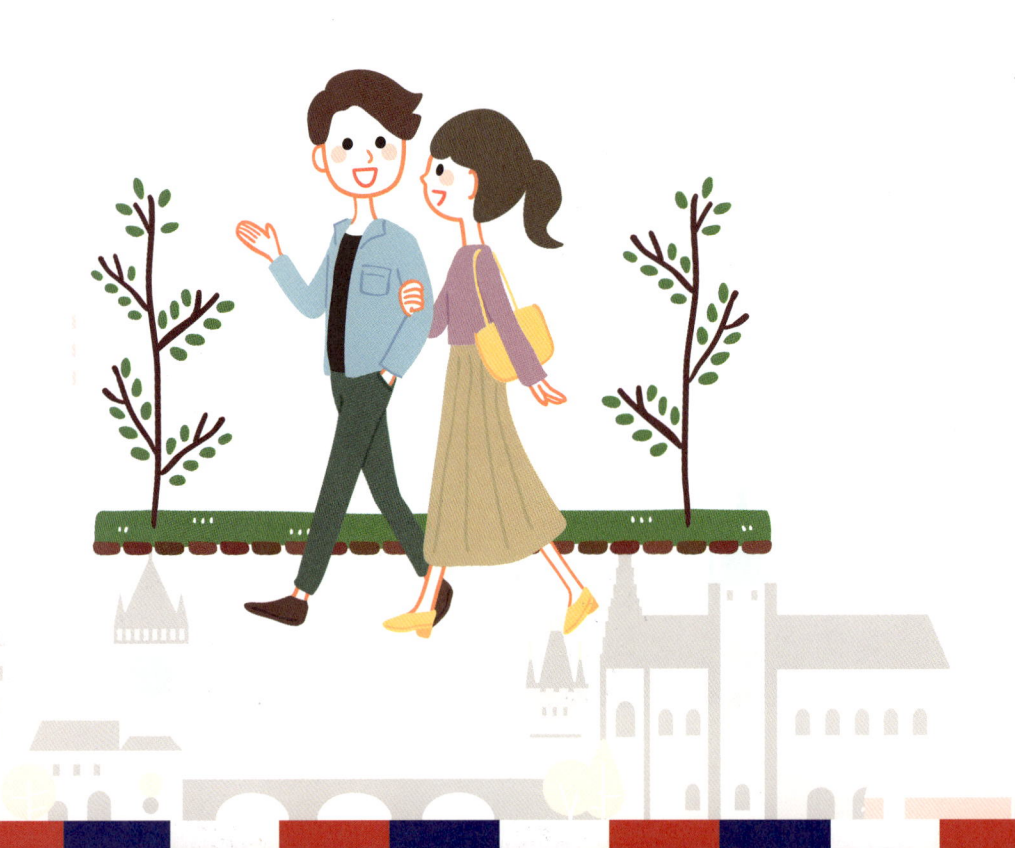

單字與新詞 — Nová slova

名詞

- dárek 禮物 (Mi)
- kniha 書 (F)
- pero 鋼筆 (N)
- procházka 散步 (F)

動詞

- čekat (*čekám*) 等待 (Vi) (impf)
- jít (*jdu*) 走（步行）(Vi) (determ)
- kupovat (*kupuji*) 購物 (Vt) (impf)
- potřebovat (*potřebuji*) 需要 (Vt) (impf)

副詞

- potom 然後
- spolu 一起

介系詞

- pro
- na

文法 − Gramatika

A. 【名詞單數直接受格 − Akuzativ singuláru podstatných jmen】

　　捷克語的名詞總共有七種格位變化，也就是說每一個名詞會依照其在語句中所扮演的語法角色而有不同格位的詞形變化。這七種格位分別為主格（nom）、屬格（gen）、間接受格（dat）、直接受格（acc）、工具格（instr）、處所格（loc）、呼格（voc）。本課將先介紹單數名詞的直接受格變化。首先，讓我們先來看看課文中有關單數名詞直接受格的例子：

課文中的語句	【單數主格 → 單數直接受格】
Jana čeká na **Petra**	【Petr (Ma) → **Petra**】
potřebují **dárek**	【dárek (Mi) → **dárek**】
pro **Danu**	【Dana (F) → **Danu**】
kupují **knihu**	【kniha (F) → **knihu**】
kupují **pero**	【pero (N) → **pero**】
jdou na **procházku**	【procházka (F) → **procházku**】

根據上述的例子，我們可以依照單數名詞的性別，將其直接受格的詞形變化進一步歸類如下：

	【單數主格 → 單數直接受格】
(Mi)	【dárek → dárek】
(Ma)	【Petr → Petr**a**】
(F)	【Dana → Dan**u**】 【kniha → knih**u**】 【procházka → procházk**u**】
(N)	【pero → pero】

> 再進一步整理，當單數名詞從主格變化成直接受格時，硬音結尾的陽性動物性名詞 (Ma) 要在字尾加 -a，軟音結尾的陽性動物性名詞 (Ma) 則要在字尾加 -e，而陽性非動物性名詞 (Mi) 則保持不變。陰性名詞 (F) 則是將字尾的 -a 去掉加 -u，而以 -e 為字尾的陰性名詞會將字尾去掉加 -i。中性名詞 (N) 則保持不變。但是，通常還是有例外的情形，例如下表中的陰性名詞「櫃子」：

		【單數主格 → 單數直接受格】	
(Ma)	單數主格字尾+ **a** + **e**	【Petr → Petr**a**】 【muž → muž**e**】	彼得 男人
(Mi)	和單數主格一致	【dárek → dárek】	禮物
(F)	單數主格字尾+ **u** + **i** 和單數主格一致	【kniha → knih**u**】 【židle → židl**i**】 【skříň → skříň】	書本 椅子 櫃子
(N)	和單數主格一致	【pero → pero】 【moře → moře】 【kuře → kuře】 【náměstí → náměstí】	鋼筆 海洋 雞 廣場

➤ 單數名詞從主格變化成直接受格時，不一定完全符合上述的規則，其中有一些少數例外的情形，以下述陽性動物性名詞舉例說明：

【名詞單數主格 → 名詞單數直接受格】

- 【tatín**e**k → tatínk**a**】　　爸爸
- 【ot**e**c → otc**e**】　　父親
- 【Hav**e**l → Havl**a**】　　哈維爾（男子名）

B. 【形容詞單數直接受格 － Akuzativ singuláru přídavných jmen】

當形容詞所修飾的名詞變格為直接受格時，所伴隨的形容詞同樣也必須依文法上的一致性變格為直接受格，下面的例句為課文中所出現的語句：

- Kupují česk**ou** knihu a čern**é** pero.
  他們買捷文書和黑色的鋼筆。

如果單就上述語句中的名詞詞組做延伸討論，單數名詞詞組主格轉變為單數直接受格，其變格形式會依所修飾的名詞性別而有所區別：

【名詞單數主格 → 名詞單數直接受格】

- 【česká kniha → českou knihu】

- 【černé pero → černé pero】

> 下表為形容詞的單數直接受格變化表：

【形容詞單數主格 → 形容詞單數直接受格】		
(Ma)	【český muž → českého muže】 捷克男人	-ého
	【moderní muž → moderního muže】 摩登的男人	-ího
(Mi)	【český jazyk → český jazyk】 捷克語	-ý
	【moderní počítač → moderní počítač】 現代的電腦	-í
(F)	【česká kniha → českou knihu】 捷文書	-ou
	【moderní žena → moderní ženu】 摩登的女人	-í
(N)	【české auto → české auto】 捷克的汽車	-é
	【moderní auto → moderní auto】 摩登的汽車	-í

文法練習 — Cvičení

A. 請完成下列句子，將語句中作為直接受詞的名詞變格為直接受格。

- čekám na — Jana 我在等待楊娜。

- potřebuji — nová televize 我需要新電視。

- poslouchám — česká hudba 我在聽捷克音樂。

- mám — staré auto 我有一輛舊車。

- myslím na — dobrý kamarád 我想念好朋友。

B. 請回答下列問句。

- Q: Jak**ého** autora máš rád?　　你喜歡什麼樣的作家？

  A: _____

  【主格 Jak**ý** + (Ma) → 直接受格 Jak**ého** + (Ma)】

- Q: Jak**ý** dárek chceš?　　你想要什麼禮物？

  A: _____

  【主格 Jak**ý** + (Mi) → 直接受格 Jak**ý** + (Mi)】

- Q: Jak**ou** knih**u** čteš?　　你在讀什麼書？

  A: _____

  【主格 Jak**á** + (F) → 直接受格 Jak**ou** + (F)】

- Q: Jak**é** auto máš?　　你有什麼樣的車？

  A: _____

  【主格 Jak**é** + (N) → 直接受格 Jak**é** + (N)】

C. 請將括號裡的名詞詞組改寫為直接受格。

- Mám _____ (velký slovník).　　　我有本大字典。

- Mám _____ (zajímavá otázka).　　我有個有趣的問題。

- Mám _____ (nová přítelkyně).　　我有個新的女朋友。

- Mám _____ (černý pes).　　　　我有隻黑色的狗。

- Mám _____ (nový telefon).　　　我有個新電話。

- Mám _____ (staré kolo).　　　　我有輛舊腳踏車。

- Mám _____ (dobrý kamarád).　　我有個好（男性）朋友。

- Mám _____ (červené víno).　　　我有紅酒。

課後迴響：會話 – Konverzace

🎧 MP3-19

Petr：Co děláš?　　你在做什麼？
Jana：Myju psa.　　我在洗狗。
Petr：Jakého psa myješ?　　你在洗什麼樣的狗？
Jana：Myju velkého psa.　　我在洗一隻大狗。

Petr：Co děláš?　　你在做什麼？
Jana：Píšu dopis.　　我在寫信。
Petr：Jaký dopis píšeš?　　你在寫什麼信？
Jana：Píšu dlouhý dopis.　　我在寫一封長信。

Petr：Co děláš?　　你在做什麼？
Jana：Čtu knihu.　　我在讀書。
Petr：Jakou knihu čteš?　　你在讀什麼書？
Jana：Čtu českou knihu.　　我在讀捷文書。

Petr：Co děláš?　　你在做什麼？
Jana：Řídím auto.　　我在開車。
Petr：Jaké auto řídíš?　　你在開什麼車？
Jana：Řídím staré auto.　　我在開一台舊車。

捷知識 — Zajímavosti o Česku

　　復活節（Velikonoce）是捷克重要的傳統節日，於每年春分月圓後的第一個週日，通常是在三、四月交接的時期。雖然復活節是基督教節日，但對於大半數為無神論者的捷克人來說，卻有著許多和基督教相關的傳統習俗。例如，當週的星期四又稱為「綠色星期四」（Zelený čtvrtek），是為了紀念耶穌所受的苦難，所以星期四那天只能吃蔬菜類的食物；隔天「大星期五」（Velký pátek）則為了哀悼耶穌的死而嚴格禁食，緊接著的「白色星期六」（Bílá sobota）整天得為耶穌復活而做準備，不只家裡必須是白色且潔淨的，家家戶戶也會準備復活節蛋糕（mazanec）或是羔羊形狀的海綿蛋糕（beránek）。星期日也就是耶穌復活日，教徒們會在那天上教堂紀念耶穌的復活。星期一當天，男孩們則會帶著特製的柳條鞭（pomlázka），一邊輕輕拍打女孩們的屁股或雙腿，一邊唱著頌歌（koledy），象徵為女孩們帶來好運與健康。最後，女孩得要用繪製好的彩蛋或是巧克力回禮，並把頭上的髮飾或彩帶摘下送給男孩，讓男孩再將之如同戰利品般地綁在鞭子的末端展示。整個復活節假期，每天都有著不同的傳統習俗，不僅具有宗教意義，也多少促進家庭與社區的和樂相處。

Lekce 5

Nakupování II
購物 II

學習目標

1. 捷克語的數字。
2. 捷克語的名詞複數主格和直接受格。
3. 基本購物會話。

會話 — Konverzace

🎧 MP3-20

【彼得到一家商店買水果,和老闆楊娜所進行的對話。】

Jana：Dobrý den! 日安!
Petr：Dobrý den! Máte jablka? 日安!你們有(賣)蘋果嗎?
Jana：Ano. Kolik chcete? 有。您要幾個?
Petr：Čtyři jablka. 4個蘋果。
Jana：Ještě něco? 還需要些什麼?
Petr：To je všechno. Kolik to stojí? 就這些了。多少錢?
Jana：28 korun. 28克朗。

單字與新詞 — Nová slova

名詞

- jablko 蘋果 (N)
- koruna 克朗（捷克貨幣）(F)

代名詞

- něco 某些東西
- všechno 全部

動詞

- chtít (*chci*) 想要 (Vt) (impf)
- stát (*stojím*) 1. 站 2. 值（多少錢）(impf)

副詞

- ještě 還、仍然

疑問詞

- kolik 多少

詞組 / 短句

- Kolik to stojí? 多少錢？
- Ještě něco? 還（需）要什麼？

文法 − Gramatika

A. 【數字 − Číslovky základní】

捷克語的數字除了 1、2 有文法上陽性、陰性和中性的區別之外，其它數字就沒有這方面的顧慮。除此之外，在下方表格中，也可注意到 11 至 19 的後綴一致，都是以 -náct 結尾，而 20、30、40 以 -cet 結尾，50 至 90 則以 -desát 結尾。

1	jeden (M), jedna (F), jedno (N)	11	jede**náct**
2	dva (M), dvě (F, N)	12	dva**náct**
3	tři	13	tři**náct**
4	čtyři	14	čtr**náct**
5	pět	15	pat**náct**
6	šest	16	šest**náct**
7	sedm	17	sedm**náct**
8	osm	18	osm**náct**
9	devět	19	devate**náct**
10	deset		

20	dva**cet**	60	še**desát**
30	tři**cet**	70	sedm**desát**
40	čtyři**cet**	80	osm**desát**
50	pa**desát**	90	deva**desát**

100	sto (N)	800	osm set
200	dvě stě	900	devět set
300	tři sta	1000	tisíc (M)
400	čtyři sta	10000	deset tisíc
500	pět set	20000	dvacet tisíc
600	šest set	100000	sto tisíc
700	sedm set	1000000	milion (M)

請試著唸出下面的電話號碼。 🎧 MP3-22

Q: Jaké je Vaše telefonní číslo?
   您的電話號碼幾號？

A: Moje telefonní číslo je _____.
   我的電話號碼是_____。

   688 718 015.
   28 83 56 73.
   221 619 729.
   00 42 608 776 810.
   00 886 2 23 45 5672.

B. 【名詞複數主格 － Nominativ plurálu podstatných jmen】

捷克語的名詞有單複數的區別,例如課文會話中的「Čtyři jablka」(四個蘋果)中的「蘋果」一詞,便是由單數形 jablko 變成複數形 jablka。

原則上,捷克語單複數名詞主格的變化仍以名詞的性別做區分。陽性動物性名詞 (Ma) 單數主格字尾要加 -i 成複數形;陽性非動物性名詞 (Mi) 單數主格字尾要加 -y 成複數形。而陰性名詞 (F) 則是將字尾的 -a 去掉加 -y 成複數形;中性名詞 (N) 則是將字尾的 -o 去掉加 -a 成複數形。但是,仍有一些例外的情形。以下將整理出捷克語單複數名詞主格的變化:

【單數主格】 → 【複數主格】

(Ma)	student 學生 muž 男人	→ studenti → muži	-i -i
(Mi)	sešit 筆記本 pokoj 房間	→ sešity → pokoje	-y -e
(F)	žena 女人 židle 椅子	→ ženy → židle	-y -e
	skříň 櫃子 kolej 宿舍	→ skříně → koleje	-ě -e
	místnost 空間 / 房間	→ místnosti	-i
(N)	jablko 蘋果 moře 海洋	→ jablka → moře	-a -e
	náměstí 廣場 dítě 孩子	→ náměstí → děti	-í -i
	kuře 雞 rajče 番茄	→ kuřata → rajčata	-ata -ata

溫馨小叮嚀

「dítě」(孩子)為中性名詞,其複數形為「děti」(孩子們)。而「kuře」(雞)或是「rajče」(番茄)的複數形詞尾是特殊變化 -ata,要特別注意哦!

C. 【名詞複數直接受格 － Akuzativ plurálu podstatných jmen】

當複數名詞在語句中扮演直接受詞的角色時，則必須變格為直接受格複數形。例如在課文會話中的「Čtyři jablka」（四個蘋果）中的「jablka」（蘋果）一詞，當它在另一句「Máte jablka?」（你們有（賣）蘋果嗎？）中，就要由複數主格 jablka 變成複數直接受格 jablka。雖然課文例句中「蘋果」一詞的複數主格和複數直接受格同形，但是其格位是不一樣的。

【複數主格】 → 【複數直接受格】

- Čtyři **jablka**. → Máte **jablka**?

捷克語除了陽性動物性名詞 (Ma) 以外，陽性非動物性名詞 (Mi)、陰性名詞 (F) 以及中性名詞 (N) 的複數主格和複數直接受格皆同形。整理如下表所示。

【單數主格】 → 【複數主格】 → 【複數直接受格】

(Ma)	student muž	student**i** muž**i**	student**y** 學生 muž**e** 男人
(Mi)	sešit pokoj	sešit**y** pokoj**e**	sešit**y** 筆記本 pokoj**e** 房間
(F)	žena židle skříň místnost	žen**y** židl**e** skřín**ě** místnost**i**	žen**y** 女人 židl**e** 椅子 skřín**ě** 櫃子 místnost**i** 房間 / 空間
(N)	jablko moře	jablk**a** moř**e**	jablk**a** 蘋果 moř**e** 海洋
	náměstí kuře	náměstí kuř**at**a	náměstí 廣場 kuř**at**a 雞

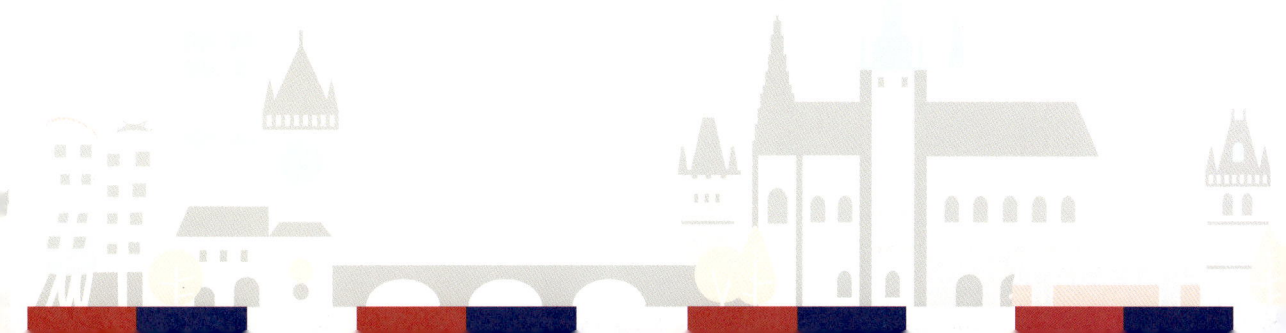

D.【形容詞複數主格與複數直接受格 － Nominativ a Akuzativ plurálu přídavných jmen】

當提及名詞時，自然聯想到修飾名詞的形容詞。相應的形容詞必須隨著名詞的單複數以及格位有著一致性的變化。請見下方捷克語形容詞單複數主格與複數直接受格的變化：

【形容詞單數主格】→【形容詞複數主格】→【形容詞複數直接受格】

(Ma)	český moderní	čeští moderní	české 捷克的 moderní 現代的
(Mi)	český moderní	české moderní	české 捷克的 moderní 現代的
(F)	česká moderní	české moderní	české 捷克的 moderní 現代的
(N)	české moderní	česká moderní	česká 捷克的 moderní 現代的

溫馨小叮嚀

陽性動物性 (Ma) 形容詞複數主格的詞尾，遇到下列情形會有特殊變化：

-ký → -cí ; -hý → -zí ; -chý → -ší

-rý → -ří ; -ský → -ští ; -cký → -čtí

文法練習 — Cvičení

A. 數字練習。 🎧 MP3-23

數字	唸法
28	dvacet osm
11	jedenáct
150	sto padesát
43	čtyřicet tři
603	šest set tři
224	dvě stě dvacet čtyři
1186	tisíc sto osmdesát šest

B. 請將下列括弧中的名詞單數主格，改寫為名詞複數直接受格。

- Kupuji (čerstvý salát). 我買新鮮的萵苣。

  _____

- Potřebuji (velká obálka). 我需要大的信封袋。

  _____

- Máte (anglický slovník)? 你們有英文字典嗎？

  _____

- Pavel kupuje (nové pero).　保羅買新的鋼筆。

- Máte (čerstvá brokolice)?　你們有新鮮的花椰菜嗎？

- Jana studuje (cizí jazyk).　楊娜正在學習外語。

- Čtu (český román).　我正在閱讀捷克小說。

- Znáte (staré české město)?　您認識古老的捷克城市嗎？

C. 請使用所提供的字詞造完整的句子。

- Alena － číst － anglická kniha

- David － studovat － čeština

- (já) － kupovat － dárek － pro － kamarádka

- (ty) – pít – čaj – nebo – káva?

  _____

- Pavel – znát – můj kamarád

  1. _____
     （Pavel: 作為主詞時；můj kamarád: 作為受詞時）

  2. _____
     （Pavel: 作為受詞時；můj kamarád: 作為主詞時）

- Irena – čekat na – Jana

  1. _____
     （Irena: 作為主詞時；Jana: 作為受詞時）

  2. _____
     （Irena: 作為受詞時；Jana: 作為主詞時）

D. 請將下述改寫為完整的名詞複數詞組。

- 3 / levný / židle   3 張便宜的椅子
- 2 / ovocný / jogurt   2 個水果優格
- 3 / drahý / pero   3 支昂貴的筆
- 4 / žlutý / banán   4 根黃色的香蕉
- 3 / velký / vejce   3 顆大雞蛋

課後迴響：日常用語 － Čeština v praxi

🎧 MP3-24

1. Dobrý den. 日安。	→	1'. Dobrý den. 日安。
2. Dobrou noc. 晚安。	→	2'. Dobrou noc. 晚安。
3. Kdo jsi? 你是誰？	→	3'. Jsem nový student. 我是新學生。
4. Jsem Honza. 我是約翰。	→	4'. Těší mě. 很高興認識你。
5. Odkud jste? 您從那裡來？	→	5'. Jsem z Ameriky. 我從美國來。
6. Jak se máš? 你好嗎？	→	6'. Ujde to. 馬馬虎虎。
7. Jak se to řekne česky? 這（字）的捷克語怎麼說？	→	7'. Kniha. 書本。
8. Jak se ti tady líbí? 你喜歡這裡嗎？	→	8'. Líbí se mi tady. 我喜歡這裡。
9. Mluvíte anglicky? 您說英語嗎？	→	9'. Bohužel. Ne. 真糟糕，我不會說英語。
10. Nemluvím česky. 我不會說捷克語。	→	10'. To nevadí. 那沒關係。
11. Děkuji. 謝謝。	→	11'. Není zač. 不客氣。
12. Na shledanou. 再見。	→	12'. Na shledanou. 再見。

捷知識 — Zajímavosti o Česku

雖然捷克共和國於 2004 年已正式加入歐盟，但是全國至今通行的貨幣仍為捷克克朗（koruna）。其中，紙鈔貨幣的面額包括有 5000、2000、1000、500、200 和 100，而每個紙鈔上的人物都極具歷史與時代意義，如同一系列的捷克文化史。

面額 100 克朗的人物是神聖羅馬帝國皇帝查理四世（Karel IV.，1316-1378），在其統治時期，布拉格與波西米亞地區成為神聖羅馬帝國的發展重鎮。1348 年，查理四世在布拉格創辦了中歐第一座大學查理士大學，並修建了著名的查理士橋。

面額 200 克朗的人物是科門斯基（Jan Amos Komenský，1592-1670），其著作《教學法大全》（Didactica Magna，1657）為後世教育體制與發展奠下基礎，被譽為現代教育之父。

面額 500 克朗的人物是聶姆措娃（Božena Němcová，1820-1862），為捷克民族復興後期的捷克女作家，其作品《外祖母》（Babička，1855）是捷克經典文學作品，描繪出十九世紀初理想的農村社區以及捷克女性典範。

除此之外，她的《來自多馬日利采城近郊的圖畫》（Obrazy z okolí Domažlického，1845）則開啟了捷克現代散文的寫作。

面額 1000 克朗的人物是帕拉斯基（František Palacký，1798-1876），其最富盛名的作品為《捷克和摩拉維亞地區的捷克民族史》（Dějiny národa českého v Čechách a v Moravě，1848-1876），描寫捷克民族自史前時期一直到 1526 年哈布斯堡王朝統治時期的歷史，其內容強烈表現民族主義歷史觀，充滿愛國主義，帕拉斯基也因此被尊稱為捷克民族之父。

面額 2000 克朗的人物是德絲蒂諾娃（Ema Destinnová，1878-1930），為世界知名的捷克女高音，同時也是一位熱誠的愛國主義者。

面額 5000 克朗的人物是馬薩里克（Tomáš Garrigue Masaryk，1850-1937），為第一次世界大戰後，於 1918 年建立「捷克斯洛伐克共和國」時的第一任總統，後世並尊稱其為捷克斯洛伐克的國父。

Lekce 6

Obchod / V obchodě
商店 / 在商店裡

學習目標

1. 捷克語的名詞單數處所格。
2. 一般商店購物用語。

會話 – Konverzace

🎧 MP3-25

【彼得到另一家商店繼續採買食品,與店員安娜所進行的對話。】

Anna:	Prosím, co si přejete?	請問您希望(買)什麼?
Petr:	Chtěl bych jablka.	我想要蘋果。
Anna:	Červená nebo žlutá jablka?	紅色或者是黃綠色的蘋果?
Petr:	Chtěl bych červená.	我想要紅蘋果。
Anna:	Ještě něco?	還要什麼嗎?
Petr:	Máte čerstvý salát?	你們有新鮮的萵苣嗎?
Anna:	Ano, máme.	有,我們有。
Petr:	Vezmu si jeden.	我要拿1個(萵苣)。
	Jaký je ten jogurt?	這優格是怎麼樣(口味)的?
Anna:	Ovocný.	水果(口味)的。
Petr:	Jaký další jogurt máte?	你們還有什麼樣的優格?
Anna:	Bílý a jahodový.	原味和草莓(口味)的。
	Který chcete?	您想要哪一個呢?
Petr:	Vezmu si jeden bílý a jeden jahodový.	我拿1個原味和1個草莓的。
	Kolik stojí banány?	香蕉多少錢?
Anna:	Kilo 50 korun.	1公斤50克朗。
	Kolik chcete?	您想要多少?
Petr:	8.	8(個)。

Anna:	Je to všechno?	這是全部嗎？
Petr:	Ano. To je všechno.	是的。這是全部。
	Kolik platím?	我要付多少錢？
Anna:	164 korun.	164 克朗。
Petr:	Mohu dostat sáček?	我可以拿 1 個袋子嗎？
Anna:	Samozřejmě. Prosím.	當然。請。
Petr:	Děkuji.	謝謝。
	Na shledanou.	再見。
Anna:	Na shledanou.	再見。

單字與新詞 − Nová slova

🎧 MP3-26

名詞

- banán　　香蕉 (Mi)
- jahoda　　草莓 (F)
- jogurt　　優格 (Mi)
- kilo　　公斤 (N)
- sáček　　袋子 (Mi)
- salát　　萵苣 (Mi)

動詞

- dostat (*dostanu*)　　取得 (Vt) (pf)
- platit (*platím*)　　付款 (Vt) (impf)
- přát / přát si (*přeji / přeji si*)　　希望 (Vt) (impf)
- vzít / vzít si (*vezmu / vezmu si*)　　拿取 (Vt) (pf)

形容詞

- čerstvý / čerstvá / čerstvé　　新鮮的
- další / další / další　　下一個
- jahodový / jahodová / jahodové　　草莓的
- ovocný / ovocná / ovocné　　水果的

副詞

- samozřejmě   當然

疑問詞

- který   哪一個？
- kolik   多少？

詞組 / 短句

- Co si přejete?   您希望（買）什麼？
- Chtěl / Chtěla bych něco.   我想要某些東西。
- Je to všechno?   這是全部嗎？
- Ještě něco?   還要什麼？
- Kolik to stojí?   這值多少錢？
- Vezmu si jeden / to.   我拿一個（某物）/ 這個。

文法 － Gramatika

A. 【常見的商店名和商品 － Obchody a výrobky】

Obchod 商店	Výrobek 商品	
maso a uzeniny 肉品以及煙燻製品 / řeznictví 肉店	hovězí (maso)	牛肉
	kuřecí (maso)	雞肉
	vepřové (maso)	豬肉
	ryba	魚肉
	salám	臘腸
	párek	熱狗
	šunka	火腿
ovoce 水果	jablko	蘋果
	banán	香蕉
	jahoda	草莓
	broskev	桃子
	malina	覆盆子
	hruška	西洋梨

Obchod 商店	Výrobek 商品	
zelenina 蔬菜	brambor	馬鈴薯
	okurka	黃瓜
	cibule	洋蔥
	salát	萵苣
	česnek	大蒜
	mrkev	紅蘿蔔
mlékárna 賣奶製品的商店 / **mléčné produkty (PL)** 奶製品	mléko	牛奶
	sýr	起士
	vejce	雞蛋
	jogurt	優格
	šlehačka	鮮奶油
	máslo	牛油
pekařství 麵包店	pečivo	麵包（總稱）
	slané pečivo	鹹點
	rohlík	長角白麵包
	houska	圓麵包
	chléb	黑麵包、酸麵包
	veka	長棍麵包
	sladké pečivo	甜點
	buchta	甜麵包
	makovka	罌粟子甜麵包
	kobliha	甜甜圈
	závin	果餡捲

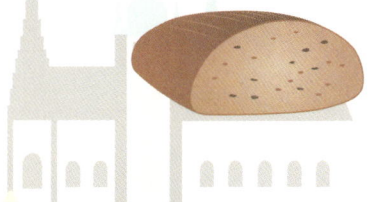

Obchod 商店	Výrobek 商品	
cukrárna 甜點店	čokoláda	巧克力
	dort	蛋糕
	koláč	餡餅、派
	palačinka	法式薄餅、可麗餅
	pohár	聖代
	zmrzlina	冰淇淋
tabák 書報攤	noviny (PL)	報紙
	časopis	雜誌
	cigarety (PL)	香菸
	sirky (PL)	火柴
	zapalovač	打火機
	jízdenka	車票
drogerie 藥妝店	mýdlo	香皂
	šampón	洗髮精
	kosmetika	化妝品
	krém	乳液
	zubní pasta	牙膏
papírnictví 文具店	popiska	原子筆
	pero	鋼筆
	tužka	鉛筆
	pohled	明信片
	obálka	信封
	sešit	筆記本
	guma	橡皮擦
	mapa	地圖

Obchod 商店	Výrobek 商品	
lékárna 藥房	lék	藥
	vitamin	維他命
	tableta (SG) tablety (PL)	藥片
	kapka (SG) kapky (PL)	滴劑
	mast	軟膏
	bylinkový čaj	藥草茶
	náplast	繃帶

➢ 在捷克語中，當要表達「在某個地方 / 商店」時，那個地方或商店的格位會以處所格表示。以上述商店名舉例說明如下：

商店名 (nom)	在商店 (loc)	
řeznictví	v řeznictví	在肉店
ovoce a zelenina	v ovoci a zelenině	在蔬果店
mlékárna	v mlékárně	在賣奶製品的商店
pekařství	v pekařství	在麵包店
cukrárna	v cukrárně	在甜點店
tabák	v tabáku	在書報攤
drogerie	v drogerii	在藥妝店
papírnictví	v papírnictví	在文具店
lékárna	v lékárně	在藥房
potraviny (PL)	v potravinách	在賣食物的商店
samoobsluha	v samoobsluze	在自助商店
obchodní dům	v obchodním domě	在百貨公司
supermarket	v supermarketu	在超市

B. 【名詞單數處所格 － Lokativ singuláru podstatných jmen】

捷克語名詞的七種格位變化包括處所格，表示所在的位置，如前文關於「在某個地方／商店」例子所示。讓我們進一步檢視處所格的變化規則，主要是以名詞的性別為區分，下表為單數名詞的處所格變化：

【單數主格】 → 【單數處所格】

(Mi)	most 橋	na mostě / u	-ě / -u
	pokoj 房間	v pokoji	-i
(F)	škola 學校	ve škole	-e
	Praha 布拉格	v Praze	
	stěna 牆	na stěně	-ě
	restaurace 餐廳	v restauraci	-i
	místnost 空間	v místnosti	
(N)	město 城市	ve městě	-ě
	moře 海洋	v / na moři	-i
	náměstí 廣場	na náměstí	-í

溫馨小叮嚀

單數名詞主格變格為單數名詞處所格時，若主格詞尾是 h, k, ch, r，且變格為處所格時，常有語音變化，例如：

h > z：　Praha → Praze　布拉格

k > c：　taška → tašce　袋子

ch > š：　sprcha → sprše　陣雨、淋浴

r > ř：　jaro → jaře　春天

此外，也常會有語音縮減的現象，例如：

leden → lednu　一月

prosinec → prosinci　十二月

【季節 － Roční období】

【單數主格】 → 【單數處所格】

jaro	春	na jař**e**	在春天
léto	夏	v lét**ě**	在夏天
podzim	秋	na podzim	在秋天
zima	冬	v zim**ě**	在冬天

【月份 － Měsíce】

【單數主格】 → 【單數處所格】

leden	一月	v lednu	在一月
únor	二月	v únoru	在二月
březen	三月	v březnu	在三月
duben	四月	v dubnu	在四月
květen	五月	v květnu	在五月
červen	六月	v červnu	在六月
červenec	七月	v červenci	在七月
srpen	八月	v srpnu	在八月
září	九月	v září	在九月
říjen	十月	v říjnu	在十月
listopad	十一月	v listopadu	在十一月
prosinec	十二月	v prosinci	在十二月

【星期 — Týden】

【單數主格】 → 【單數處所格】

pracovní dny (PL) 工作日	pondělí	星期一	v pondělí	在星期一	
	úterý	星期二	v úterý	在星期二	
	středa	星期三	ve středu	在星期三	
	čtvrtek	星期四	ve čtvrtek	在星期四	
	pátek	星期五	v pátek	在星期五	
víkend 週末	sobota	星期六	v sobotu	在星期六	o víkendu 在週末
	neděle	星期日	v neděli	在星期日	

PO 2022

Leden
Po Út St Čt Pá So Ne
                 1 2
3 4 5 6 7 8 9
10 11 12 13 14 15 16
17 18 19 20 21 22 23
24 25 26 27 28 29 30
31

Únor
Po Út St Čt Pá So Ne
 1 2 3 4 5 6
7 8 9 10 11 12 13
14 15 16 17 18 19 20
21 22 23 24 25 26 27
28

Březen
Po Út St Čt Pá So Ne
 1 2 3 4 5 6
7 8 9 10 11 12 13
14 15 16 17 18 19 20
21 22 23 24 25 26 27
28 29 30 31

Duben
Po Út St Čt Pá So Ne
               1 2 3
4 5 6 7 8 9 10
11 12 13 14 15 16 17
18 19 20 21 22 23 24
25 26 27 28 29 30

Květen
Po Út St Čt Pá So Ne
                   1
2 3 4 5 6 7 8
9 10 11 12 13 14 15
16 17 18 19 20 21 22
23 24 25 26 27 28 29
30 31

Červen
Po Út St Čt Pá So Ne
    1 2 3 4 5
6 7 8 9 10 11 12
13 14 15 16 17 18 19
20 21 22 23 24 25 26
27 28 29 30

Červenec
Po Út St Čt Pá So Ne
             1 2 3
4 5 6 7 8 9 10
11 12 13 14 15 16 17
18 19 20 21 22 23 24
25 26 27 28 29 30 31

Srpen
Po Út St Čt Pá So Ne
1 2 3 4 5 6 7
8 9 10 11 12 13 14
15 16 17 18 19 20 21
22 23 24 25 26 27 28
29 30 31

Září
Po Út St Čt Pá So Ne
       1 2 3 4
5 6 7 8 9 10 11
12 13 14 15 16 17 18
19 20 21 22 23 24 25
26 27 28 29 30

Říjen
Po Út St Čt Pá So Ne
                           1 2
3 4 5 6 7 8 9
10 11 12 13 14 15 16
17 18 19 20 21 22 23
24 25 26 27 28 29 30
31

Listopad
Po Út St Čt Pá So Ne
 1 2 3 4 5 6
7 8 9 10 11 12 13
14 15 16 17 18 19 20
21 22 23 24 25 26 27
28 29 30

Prosinec
Po Út St Čt Pá So Ne
          1 2 3 4
5 6 7 8 9 10 11
12 13 14 15 16 17 18
19 20 21 22 23 24 25
26 27 28 29 30 31

文法練習 — Cvičení

A. 請將括弧內的名詞主格做適當的格位變化。

- Bydlíme v (Praha) _____.
  我們住在布拉格。

- Ta slečna je v (pokoj) _____.
  那位小姐在房間裡。

- Petr žije v (Amerika) _____.
  彼得住在美國。

- Banka je na (náměstí) _____.
  銀行在廣場上。

- Studujeme ve (škola) _____.
  我們在學校裡學習。

- Obědváme v (restaurace). _____
  我們在餐廳裡用午餐。

- Studuje na (univerzita). _____
  他在大學裡學習。

- Jana je v (park). _____
  楊娜在公園。

B. 請回答下列問句。

- Kde jste? (kavárna)　你們在哪裡？（咖啡廳）

　

- Kde bydlís? (hotel)　你住在哪裡？（飯店）

　

- Kde jsou? (pošta)　他們在哪裡？（郵局）

　

- Kde studuješ? (Brno)　你在哪裡學習？（布爾諾）

　

- Kde pracuje? (Praha)　他在哪裡工作？（布拉格）

課後迴響：日常用語 — Čeština v praxi

MP3-27

【一般商店購物用語】

prodavač / prodavačka 售貨員 / 女售貨員	
Prosím. 請。	
Co si přejete? 您希望（買）什麼？	
Máte přání? 您的需求？	zákazník / zákaznice 顧客 / 女性顧客
Je to všechno? 這是全部嗎？	Chtěl / Chtěla bych něco. 我想要某些東西。
Ještě něco? 還要什麼嗎？	Děkuji, nic. Jen se dívám. 謝謝，沒事。我只是看看。
	Vezmu si jeden / to. 我拿一個（某物）/ 這個。
	To je všechno. 這是全部。
	Kolik to stojí? 這值多少錢？

捷知識 − Zajímavosti o Česku

若有機會到捷克的超市、藥妝店或是藥房，不難發現總有一大專櫃陳列著各式各樣的藥草茶包（bylinkový čaj）。是的，捷克人除了和普遍印象中的歐洲人一樣喜愛喝咖啡之外，也很鍾情喝茶，不僅有紅茶和綠茶，還有藥草茶。這些藥草茶各自具有不同的療效，一般遇到輕微的疾病症狀，醫生也會建議病人去藥房買些藥草茶喝。常見的捷克藥草茶舉例有下述幾種：

dětský čaj	給小朋友喝的茶
čaj na ledviny	養腎茶
čaj na játra	養肝茶
čaj proti kašli	止咳茶
čaj pro kojící maminky	哺乳茶
urologický čaj	利尿茶
žaludeční čaj	健胃茶

Lekce 7

V parku
在公園

學習目標

1. 捷克語的人稱代詞直接受格。
2. 捷克語的名詞單數呼格。

課文 — Text

🎧 MP3-28

Petr a jeho přítelkyně Jana chtějí nakupovat.

Petr čeká na svou přítelkyni v parku.

Jana potřebuje dárek pro svého bratra.

Kupuje pro něho knihu.

彼得和他的女朋友楊娜要去購物。

彼得在公園等待自己的女朋友。

楊娜需要買禮物給自己的弟弟。

（她）買書給他。

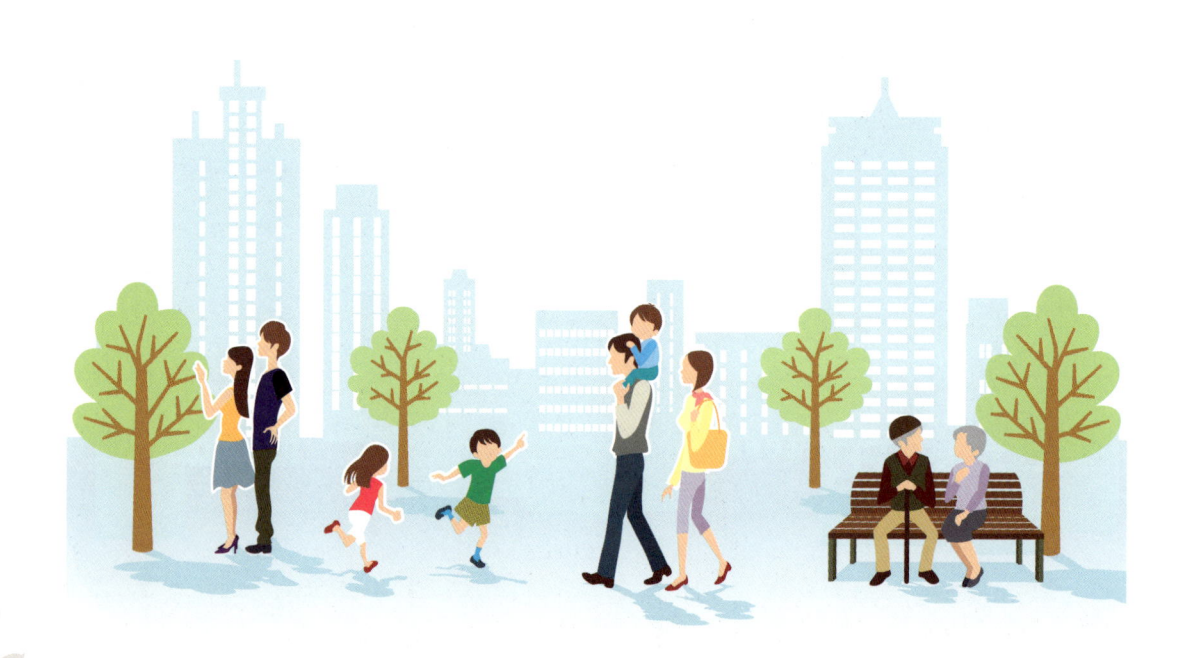

單字與新詞 － Nová slova

MP3-29

名詞

- bratr — 兄弟 (Ma)
- dárek — 禮物 (Mi)
- park — 公園 (Mi)
- přítel — 男朋友 (Ma)
- přítelkyně — 女朋友 (F)

動詞

- čekat (*čekám*) — 等待 (Vi) (impf)
- nakupovat (*nakupuji*) — 買 (Vt) (impf)
- potřebovat (*potřebuji*) — 需要 (Vt) (impf)

文法 – Gramatika

A.【所有格「自己的」– Posesivní zájmeno svůj】

在第二課我們已經介紹了人稱代名詞的所有格，例如「我的」（můj / moje / moje）、「你的」（tvůj / tvoje / tvoje）、「我們的」（náš / naše / naše）等。捷克語除了有上述人稱代名詞的所有格之外，還有表示「自己的」的所有格，其詞形變化如同人稱代名詞的所有格一樣，會依據所修飾的名詞之性、數、格而改變。如下表所示：

	自己的＋ 單數主格	自己的＋ 單數直接受格	自己的＋ 複數主格	自己的＋ 複數直接受格
(Ma)	svůj	svého	sví / svoji	své / svoje
(Mi)	svůj	svůj	své / svoje	své / svoje
(F)	svá / svoje	svou / svoji	své / svoje	své / svoje
(N)	své / svoje	své / svoje	svá / svoje	svá / svoje

使用所有格「svůj / svá / své」（自己的）時，主要目的是為了不重複語句中的人稱，例如當語句中已出現第一人稱單數「já」（我），後面緊接著的人稱所有格「můj」（我的）就會改用「svůj」（自己的）。

【有關所有格「自己的」一些例句】

- 這是我的弟弟。我在等待我的弟弟。

  To je můj bratr. Čekám na **svého** bratra.

- 彼得有位妹妹。我在等他的妹妹。（她不是我的妹妹。）

  Petr má sestru. Čekám na jeho sestru. (Ona není moje sestra.)

B. 【人稱代詞直接受格 － Akuzativ osobních zájmen】

捷克語的人稱代詞，或人稱代名詞，也會根據其在語句中的文法角色進行格位變化，換句話說，當捷克語的人稱代詞在語句中作為直接受詞時，其格位就必須從主格變成直接受格。除此之外，要特別注意的是，當人稱代詞直接受格加上介系詞時，有時會產生語音變化，如下表所示：

人稱代詞	人稱代詞直接受格	介系詞＋人稱代詞直接受格
já 我	mě / mne	na mě / na mne
ty 你	tě / tebe	na tebe
on 他 ona 她 ono 它	ho / jej / jeho ji jeho / jej / je	na něho / na něj (Ma) na ni na něj / na ně
my 我們	nás	na nás
vy 你們 Vy 您	vás	na vás
oni 他們 ony 她們 ona 它們	je	na ně

> **溫馨小叮嚀**
>
> 單數第一人稱代詞直接受格有兩種形式「mě / mne」，前者相較於後者，使用頻率比較多。

【關於人稱代詞直接受格的一些例句】

人稱代詞	單數人稱代詞直接受格	介系詞＋單數人稱代詞直接受格
já 我	Vidíš **mě**？ 你看我嗎？	Díváš se **na mě** / **na mne**？ 你在注視著我嗎？
ty 你	Znám **tě** dobře. 我很認識你。 **Tebe** znám už 20 let. 我已經認識你 20 年。	Čekám **na tebe**. 我在等你。
on 他	Znám **ho** dobře. 我很認識他。 **Jeho** vidím každý den. 我每天看見他。	Těším se **na něho**. 我很期待見到他。
ona 她	Mám knihu. Čtu **ji** dlouho. 我有本書。我讀它很久了。	Těším se **na ni**. 我很期待它。
ono 它	Chci pero. Potřebuju **ho** teď. 我想要支筆。我現在就需要它。	Těším se **na něj**. 我很期待它。

C. 【名詞單數呼格 － Vokativ singuláru podstatných jmen】

捷克語名詞共有七種格位，相較於其它斯拉夫語言，呼格最為特別。呼格主要用來招呼或稱呼對方，此時必須把稱呼對方的名詞主格變格為呼格。呼格的格位變化整理如下：

【單數主格】 → 【單數呼格】

(Ma)	student	student**e**！學生！	**-e**
	tatínek	tatín**ku**！爸爸！	**-u**
	otec	ot**če**！父親！	**-če**
	Petr	Pet**ře**！彼得！	**-ře**
	učitel	učitel**i**！老師！	**-i**
(F)	Jana Lucie	Jan**o**！楊娜！ Luci**e**！露絲！	**-o** **-e**

溫馨小叮嚀

單數名詞主格變格為單數名詞呼格時，若主格詞尾是 h, k, ch，則呼格的詞尾為 -u，例如：

tatínek → tatínku！ 爸爸！

此外，當主格詞尾是 c 時，其呼格則會變音為 č；當主格詞尾是 r 時，其呼格則會變音為 ř，例如：

otec → otče！ 父親！

Petr → Petře！ 彼得！

最後，當主格變格為呼格時，也常會有語音縮減的現象，例如前面曾提及的例子：

tatínek → tatínku！ 爸爸！

otec → otče！ 父親！

上述兩個例子在變格為呼格時，都省略了主格倒數第一個母音 e。

文法練習 – Cvičení

A. 請完成下列句子，填上合適的<u>人稱代詞</u>。

- Nevíš, kde je Pavel? Mám pro _____ dopis.
  你不知道保羅在哪裡嗎？我有信要給他。

- Neznám tvoje telefonní číslo. Potřebuju _____.
  我不知道你的電話號碼。我需要它。

- Kde jste? Čekáme na _____.
  你們在哪裡呢？我們在等你們。

- Čeština je těžká. Studuji _____ každý den.
  捷克語很難。我每天學習它。

- Ahoj, Jano! Jsem rád, že _____ vidím.
  嗨，楊娜！我很高興看到妳。

- Těšíš se na _____ (ona)?
  你期待她嗎？

- Myslím na _____ (on).
  我想著他。

- Tam je náš lektor. Znáš _____ (on)?
  我們的講師在那裡。你認識他嗎？

B. 請將括弧內的名詞變格為呼格。

- (Pavel), máš slovník?　保羅，你有字典嗎？

- (Dana), kdo volá?　戴娜，誰打電話來？

- (Filip), co děláš?　菲利浦，你在做什麼？

- (Tatínek), máš čas?　爸爸，你有時間嗎？

- (Jana), kde jsi?　楊娜，妳在哪裡？

- (Slečna Lucie), máte telefon!　露絲小姐，您有電話！

課後迴響：會話 − Konverzace

🎧 MP3-30

Petr：Jak se jmenuje tvůj bratr? Neznám ho.
Jana：Myslím, že ho znáš. Jmenuje se Pavel.
Petr：Co chceš pro něho koupit?
Jana：Chci koupit knihu.
Petr：To je dobrý nápad.

彼得：你的弟弟叫什麼名字？我不認識他。
楊娜：我想你認識他。他叫保羅。
彼得：你想買什麼給他？
楊娜：我想買書。
彼得：這是好主意。

捷知識 – Zajímavosti o Česku

布拉格的老城廣場是著名的觀光景點，廣場的天文鐘（Pražský orloj）更是遠近馳名。布拉格的天文鐘相傳建於西元1410年，上方有整點時會打開左右兩個小窗出來遊行的耶穌十二門徒，下方則有黃道十二宮圖。

傳說中，因布拉格天文鐘的驚人工藝，當時的布拉格議會為了確保布拉格天文鐘的獨一無二，決定弄瞎天文鐘師傅哈努什（Mistr Hanuš）的雙眼，防止他為其他城市再造一座更壯觀的天文鐘。結果，雙眼已瞎的哈努什師傅命令徒弟領他去天文鐘處，並且破壞了鐘，使得百年內沒有人可以修復，直到1490年才修復成功。日後，文獻記載才確認了天文鐘的製造者是鐘錶師傅米庫拉什（Mikuláš z Kadaně），而不是傳說中的哈努什。

Lekce 8

Ptáme se na cestu.
問路

學習目標

1. 捷克語的序數。
2. 捷克語的情態動詞。
3. 問路、到郵局與銀行辦事的基本會話。

會話 – Konverzace

🎧 MP3-31

【彼得要去公車站搭公車，但是找不到公車站，詢問了一位路人 A。】

Petr: Prosím Vás, kde je autobusové nádraží?
請問，公車站在哪裡呢？

A: Musíte jít rovně a potom třetí ulicí doprava.
您必須直走，然後在第三條街右轉。

Petr: Děkuji. 謝謝。

【彼得下了公車之後，詢問路人 B 郵局在哪裡。】

Petr: Dobrý den, můžete mi pomoct?
日安，請問您可以幫助我嗎？

B: Ano, prosím.
好，請說。

Petr: Prosím Vás, kde je pošta?
請問郵局在哪裡呢？

B: Rovně a potom doleva. Pošta je velký žlutý dům.
直走，然後左轉。郵局是黃色的大房子。

Petr: Děkuji. 謝謝。

B: Není zač. 不客氣。

【彼得在郵局寄信,並詢問郵務員 C 一些問題。】

Petr: Prosím Vás, kolik stojí známka do Taiwanu?
請問寄到台灣的郵票多少錢呢?

C: Osmnáct korun na dopis a jedenáct na pohled.
信件為 18 克朗,明信片則為 11 克朗。

Petr: Chtěl bych čtyři známky na dopis. Děkuji moc.
我要 4 張郵票寄信件。非常謝謝。

單字與新詞 － Nová slova

🎧 MP3-32

名詞

- dopis   信件 (Mi)
- nádraží   車站 (N)
- pohled   明信片 (Mi)
- pomoc   幫助 (F)
- pošta   郵局 (F)
- ulice   街道 (F)
- známka   郵票 (F)

動詞

- moct (*můžu* / *mohu*)   能夠 (Vt) (impf)
- pomoct (*pomůžu* / *pomohu*)   幫助 (pf)

形容詞

- autobusový / autobusová / autobusové   公車的
- třetí / třetí / třetí   第三
- žlutý / žlutá / žluté   黃色的

副詞

- doleva 往左轉
- doprava 往右轉
- rovně 直直地
- moc 太多、非常

詞組 / 短句

- autobusové nádraží 公車站
- Můžete mi pomoci? 您可以幫助我嗎？

寄信的方式

- obyčejně 平信
- doporučeně 掛號
- letecky 航空
- expres 快遞

文法 － Gramatika

A.【介系詞 － Předložky: na, v / ve, do】

捷克語的介系詞「**na**」以及「**v / ve**」後緊接著出現名詞處所格時，表示位置，其所對應的疑問詞為「**kde**」（在哪裡？）。但是，有時候介系詞「**na**」後接的名詞為直接受格，而不是處所格，此時表示動作的方向，其所對應的疑問詞為「**kam**」（去哪裡？）。

簡單來說，當捷克語名詞是以加介系詞「**v**」表處所時，其表方向時則會加介系詞「**do**」，同時名詞格位會從處所格變為屬格；而當該名詞以加介系詞「**na**」表處所時，其表方向也會用介系詞「**na**」，只是名詞的格位會從處所格改為直接受格。舉例說明如下：

Kde?「在哪裡？」：詢問處所		Kam?「去哪裡？」：詢問方向	
v ＋ (loc)	Žijeme **v** Praze. 我們在布拉格生活。	**do** ＋ (gen)	Jedeme **do** Prahy. 我們去布拉格。
	Bydlí **ve** městě. 他 / 她住在城市。		Jdu **do** města. 我步行去城市。
na ＋ (loc)	Pracuje **na** poště. 他 / 她在郵局工作。	**na** ＋ (acc)	Jdeš **na** poštu. 你步行去郵局。
	Studuju **na** univerzitě. 我在大學學習。		Jdeme **na** univerzitu. 我們步行去大學。
	Jsem **na** návštěvě. 我在拜訪中。		Jede **na** návštěvu. 他 / 她去拜訪。

【處所方位副詞 － Adverbia místa】

Kde? 「在哪裡？」：詢問處所	Kam? 「去哪裡？」：詢問方向
vzadu 在後面	dozadu 往後
vpředu 在前面	dopředu 往前
dole 在下方	dolů 往下
nahoře 在上方	nahoru 往上
vpravo, napravo 在右邊	doprava 往右
vlevo, nalevo 在左邊	doleva 往左
uprostřed 在中間	doprostřed 往中間
tady 在這裡	sem 往這裡
tam 在那裡	tam 往那裡
venku 在外面	ven 往外面

溫馨小叮嚀

　　捷克語除了可用介系詞詞組以及副詞表方向之外，也可用動詞前綴表示動作的方向。舉例說明：

dojít　　來、抵達

odejít　　去、離開

přejít　　跨過

B.【序數 – Řadové číslovky】

捷克語的序數會依所修飾的名詞文法性別做相應的詞尾變化，如同形容詞一般。捷克語的序數「第一」至「第十」整理如下表：

první	第一	šestý	第六
druhý	第二	sedmý	第七
třetí	第三	osmý	第八
čtvrtý	第四	devátý	第九
pátý	第五	desátý	第十

➢ první / první / první 所修飾的名詞性別分別為 (M) / (F) / (N)

➢ druhý / druhá / druhé 所修飾的名詞性別分別為 (M) / (F) / (N)

➢ třetí / třetí / třetí 所修飾的名詞性別分別為 (M) / (F) / (N)

C.【情態動詞 – Modální slovesa: moct, muset, smět, chtít】

捷克語情態動詞的使用頻率非常高，用途類似英文的助動詞，其後接的第二個動詞必須為原形動詞。

人稱代詞	moct / moci 能夠	muset 必須	smět 可以	chtít 想要
já 我	můžu / mohu	musím	smím	chci
ty 你	můžeš	musíš	smíš	chceš
on 他 ona 她 ono 它	může	musí	smí	chce
my 我們	můžeme	musíme	smíme	chceme
vy 你們 Vy 您	můžete	musíte	smíte	chcete
oni 他們 ony 她們 ona 它們	můžou / mohou	musí / musejí	smí / smějí	chtějí

> **溫馨小叮嚀**
>
> 情態動詞的否定式和其它動詞一樣,直接加上「前綴 ne-」,舉例說明:
> **ne**můžeš 你不能;**ne**chceme 我們不想要

文法練習 － Cvičení

A. 請在空格處填上適當的情態動詞。

- Máme čas. _____ jít na procházku.
  我們有時間。我們能夠去散步。

- Jsem unavený. _____ jít ven.
  我很累。我必須去外面。

- _____ otevřít okno?
  我能將窗戶打開嗎？

- _____ nové auto.
  我想要新的汽車。

- _____ spěchat.
  你們不需要太匆忙。

- _____ se divat na televizi.
  我們不可以看電視。

- Jano, _____ pít pivo?
  楊娜，妳可以喝啤酒嗎？

- _____ pít kávu nebo čaj?
  你想要喝咖啡或是茶？

B. 請在空格處填上適當的介系詞。

Kam jdeš? 你去哪裡？			Kde jsi? 你在哪裡？		
Jdu ___ + (acc)			Jsem ___ + (loc)		
___	poštu.	我去郵局。	___	poště.	我在郵局。
___	univerzitu.	我去大學。	___	univerzitě.	我在大學。
___	náměstí.	我去廣場。	___	náměstí.	我在廣場。
___	výlet.	我去旅行。	___	výletě.	我在旅行。
___	výstavu.	我去展覽。	___	výstavě.	我在展覽。
___	oběd.	我去午餐。	___	obědě.	我在午餐。
___	nádraží.	我去火車站。	___	nádraží.	我在火車站。
___	koncert.	我去音樂會。	___	kncertě.	我在音樂會。
Jdu ___ + (gen)			Jsem ___ + (loc)		
___	školy.	我去學校。	___	škole.	我在學校。
___	Prahy.	我去布拉格。	___	Praze.	我在布拉格。
___	parku.	我去公園。	___	parku.	我在公園。
___	kavárny.	我去咖啡廳。	___	kavárně.	我在咖啡廳。
___	restaurace.	我去餐廳。	___	restauraci.	我在餐廳。
___	obchodu.	我去商店。	___	obchodě.	我在商店。
___	kina.	我去電影院。	___	kině.	我在電影院。
___	banky.	我去銀行。	___	bance.	我在銀行。

課後迴響：會話 — Konverzace

🎧 MP3-33

【A 在銀行兌換貨幣，與銀行員 B 的對話】

A:	Dobrý den.	日安。
B:	Dobrý den.	日安。
A:	Chtěla bych vyměnit peníze. Mám eura a potřebuji české koruny. Jaký je kurz a jaký je poplatek za směnu?	我想要換錢。 我有歐元，需要捷克克朗。 匯率如何？多少手續費？
B:	Kolik chcete vyměnit?	您想兌換多少？
A:	200 euro.	200 歐元。
B:	Tak to dostanete 5,900 korun.	那您可拿到 5900 克朗。
A:	Můžu dostat malé bankovky? / Můžete mi prosím ty bankovky rozměnit?	我可以換面額小的貨幣嗎？ 可以請您將這些貨幣換成小鈔給我嗎？

溫馨小叮嚀

在這篇會話中，可以看到從同一個動詞「měnit」（改變）加前綴衍生出來的動詞，例如：

vy-měnit 交換

roz-měnit 換小鈔零錢

還有衍生相關的名詞「směna」（交換、兌換（貨幣））哦！

捷知識 — Zajímavosti o Česku

　　布拉格地鐵（Pražské metro）由三條路線所組成，分別為 A 線（綠線）、B 線（黃線）和 C 線（紅線），四通八達的地鐵成為布拉格居民日常生活的主要大眾交通工具。其中，三個轉乘站都位於市中心，分別是 Můstek（A 線和 B 線交會站）、Florenc（B 線和 C 線交會站）、Muzeum（A 線和 C 線交會站）。

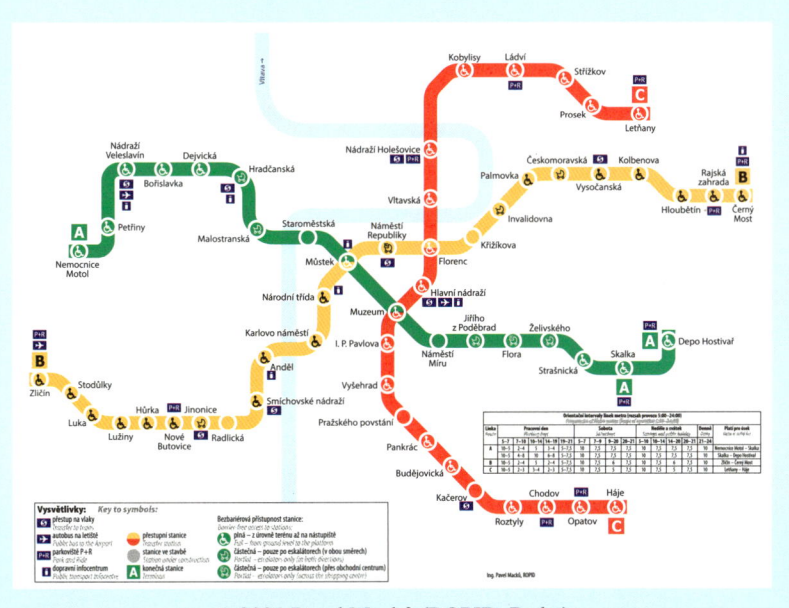

© 2021 Pavel Macků (ROPID, Praha)

　　1974 年首次通車的布拉格地鐵，除了曾因中歐大洪水於 2002 年夏天關閉至 2003 年春天之外，每天自凌晨 5 點至午夜 12 點運行，全年無休，班次間隔則依時段約為 2 至 3 分鐘。2013 年布拉格市政府批准建造第四條地鐵線 D 線（藍線），但因 2021 年開始的新冠肺炎疫情，以致遲遲無法有具體的時程表。

Lekce 9

V restauraci

在餐廳

學習目標

1. 捷克語的程度副詞。
2. 表示「喜歡」的句型。
3. 餐廳基本會話。

會話 – Konverzace

🎧 MP3-34

【彼得和楊娜一起去餐廳用餐。】

Číšník:	Dobrý den. Vítáme vás.	日安。歡迎。
Petr:	Děkujeme. Máte místo pro dvě osoby?	謝謝。 你們有給兩個人的位子嗎？
Číšník:	Ano, prosím. Tady je jídelní lístek. Co si dáte k pití?	有的，請。 這是菜單。您們要喝些什麼？
Petr:	Pro mě pivo, prosím.	請給我啤酒。
Jana:	A já bych si dala kolu, děkuji.	我想要可樂，謝謝。

【服務生離去，彼得和楊娜開始討論要點些什麼菜。】

Petr:	Mám dnes velký hlad. Dám si předkrm a polévku, a co si dáš ty?	我今天很餓。 我要點前菜和湯，你呢？
Jana:	Já nechci ani polévku, ani předkrm. Nemůžu moc jíst. Jsem moc tlustá.	我不要前菜也不要湯。 我不能吃太多。我太胖了。
Petr:	Já si vezmu hovězí polévku a smažený sýr a hranolky jako hlavní jídlo.	我點牛肉湯，以及炸起士和薯條當作主菜。
Jana:	Já mám ráda špagety, tak si je dám.	我喜歡義大利麵，所以我要點義大利麵。

【服務生前來，彼得開始點菜。】

Číšník:	Prosím, vaše přání?	請問要點什麼？
Petr:	Já si dám hovězí polévku, smažený sýr a hranolky, a pro slečnu špagety.	我要牛肉湯、炸起士和薯條，並且給小姐義大利麵。

【彼得和楊娜用完餐之後，彼得向服務生點餐後甜點。】

Petr:	Prosím, dvakrát kávu a jeden zmrzlinový pohár.	請給我兩杯咖啡和一個冰淇淋聖代。
Číšník:	Prosím.	請用。

【彼得請服務生拿帳單過來，準備付錢。】

Petr:	Zaplatíme.	結帳。
Číšník:	Tady je váš účet, prosím.	這是您們的帳單。

單字與新詞 – Nová slova

🎧 MP3-35

名詞

- číšník   服務生 (Ma)
- hlad   飢餓 (Mi)
- hranolek   薯條 (Mi) (SG)
  hranolky   (PL) 較常使用
- jídlo   食物 (N)
- kola   可樂 (F)
- místo   空間、位置 (N)
- osoba   人 (F)
- pivo   啤酒 (N)
- polévka   湯 (F)
- přání   希望 (N)
- předkrm   前菜、開胃菜 (Mi)
- špageta   義大利麵 (F)
- účet   帳單 (Mi)

動詞

- dát si (*dám si*)   給（我）(Vt) (pf)
- jíst (*jím*)   吃 (Vt) (impf)
- vítat (*vítám*)   歡迎 (Vt) (impf)
- zaplatit (*zaplatím*)   付錢 (Vt) (pf)

形容詞

- hlavní / hlavní / hlavní   主要的
- smažený / smažená / smažené   油炸的
- tlustý / tlustá / tlusté   肥胖的

副詞

- ani   沒有
- dnes   今天

詞組 / 短句

- Co si dáte k pití?   您要喝什麼？
- Dám si něco.   我要某物。
- Mám ráda něco.   我喜歡某物。

文法 – Gramatika

A.【程度副詞 – Adverbia míry】

程度副詞主要是用來修飾動詞。下表副詞的排列，是依程度最多至程度最少的順序。

velmi	非常
značně	顯著地多
moc	很多、太多
hodně	很多
mnoho	許多
dost	足夠
málo	很少
trochu	一點點
kapku	一滴

溫馨小叮嚀

程度副詞「moc」可以是具有正面意義，也可以是具有負面意義，請見下方例句說明：

1. Jsem **moc** tlustá. 　　　　　我太胖了。
2. Petr mluví **moc** dobře česky.　彼得捷克語說得很好。

第 1 句中的 moc 具負面意義，第 2 句中的 moc 則具有正面意義。

B. 【四種表示「喜歡」的句型】

捷克語中表示「喜歡」的句型至少有四種。

1. 【mám rád / -a ＋名詞直接受格】

    表示喜歡某種事物，此時被喜歡的名詞以直接受格表示。

【 mít rád / -a / -o / -i / -y 】			
já 我	mám rád / -a (M / F)	my 我們	máme rádi (Ma), máme rády (Mi, F)
ty 你	máš rád / -a (M / F)	vy 你們 Vy 您	máte rádi (Ma), máte rády (Mi, F) máte rád / -a (M / F)
on 他 ona 她 ono 它	má rád (M) má ráda (F) má rádo (N)	oni 他們 ony 她們 ona 它們	mají rádi (Ma), mají rády (Mi, F) mají rády (F) májí ráda (N)

【 mít rád / -a / -o / -i / -y ＋名詞直接受格】

- Petr **má rád** smažený sýr.　　　彼得喜歡炸起士。
- Jana **nemá ráda** kávu.　　　　楊娜不喜歡咖啡。

2. 【rád / -a / -o / -i / -y ＋動詞】

　　表示喜歡從事什麼樣的活動，後接的動詞詞尾依主詞的人稱性別進行詞形變化。

【 rád / -a / -o / -i / -y ＋ 動詞 】

Rád čtu.	我喜歡讀書。（此時的主詞為第一人稱單數陽性。）
Ráda čtu.	我喜歡讀書。（此時的主詞為第一人稱單數陰性。）
Rád / -a lyžuji.	我 (Ma / F) 喜歡滑雪。
Rád / -a lyžuješ.	你 (Ma / F) 喜歡滑雪。
Rád / -a lyžuje.	他 / 她 (Ma / F) 喜歡滑雪。
Rádi lyžujeme.	我們喜歡滑雪。（此時的主詞為第一人稱複數，且其中至少有一位為陽性。）
Rádi lyžujete.	你們 / 您喜歡滑雪。（此時的主詞為第二人稱複數，且其中至少有一位為陽性。）
Rádi lyžují.	他們喜歡滑雪。（此時的主詞為第三人稱複數，且其中至少有一位為陽性。）

➢ 此外，尚可後接整個子句：【být rád / -a / -o / -i / -y ＋附屬子句】

【 být rád / -a / -o / -i / -y ＋ 附屬子句 】

Jsem rád, že jste tady.	我很高興你們在這裡。 （此時的主詞為第一人稱單數陽性。）
Jsem ráda, že jste tady.	我很高興你們在這裡。 （此時的主詞為第一人稱單數陰性。）

> 此種附加子句的結構,提供了使用者可更準確且更大量地表達信息。

Jsem rád, když tě vidím, protože máš vždycky dobrou náladu.
我很高興,當我看到你,因為你總是有好心情。

Jsme rádi, protože zkoušky jsme udělali úspěšně.
我們很高興,因為我們成功地完成考試。

3.【líbí se mi ＋名詞主格】

　　這個句型主要用來表達對視覺或是聽覺感知的喜愛。不過,因為這個句型中有反身代詞「se」,所以要注意它出現的位置!雖然捷克語屬於相對自由詞序的語言,但是要注意,反身代詞「se」必須永遠出現在語句中第二個位置哦。

【líbí se mi ＋ 名詞主格】

Líbí se mi ten obraz.	我喜歡這張照片。
Líbí se mi modrá taška.	我喜歡藍色的包包。
Líbí se mi Picasso.	我喜歡畢卡索。

> 通常在這種句型中的名詞主語會放在語句的末端,如果語句強調的是所喜歡的人、事、物。在一般情況下,相對自由詞序的捷克語會將新的訊息(réma)放在主題或是之前提及過的訊息(téma)後。

Líbí se mi Praha.　　　　我喜歡布拉格。
(téma ＋ réma)

Praha se mi líbí.　　　　布拉格讓我喜愛。
(réma ＋ téma)

4. 【chutná / chutnají mi ＋名詞主格 (SG / PL)】

　　這個句型只有在談論味道（即食物或飲料）時才會使用，主要用來表示喜歡或不喜歡某種食物或飲料。

【chutná / chutnají mi ＋名詞主格 (SG / PL)】

Chutná mi smažený sýr.	我喜歡吃炸起士。
Chutná mi káva.	我喜歡喝咖啡。
Nechutnají mi knedlíky.	我不喜歡吃饅頭片。

➢ 下面是在捷克餐廳常見的菜單和飲料單，看看有哪些是你想吃的或喝的！

Jídelní lístek 菜單

Polévky — 湯

špenátová krémová polévka — 菠菜奶油湯
cibulačka — 洋蔥湯
česnečka — 大蒜湯
bramborová polévka — 馬鈴薯湯

Saláty — 沙拉

šopský salát — 乾酪綜合沙拉
okurkový salát — 小黃瓜沙拉
zelný salát — 酸白菜沙拉

Hlavní jídla — 主菜

kuřecí steak — 雞排
vepřový řízek — 炸豬排
guláš — 燉牛肉
pečená kachna — 烤鴨
smažený syr — 炸起士

Přílohy — 配菜

knedlíky — 饅頭片
hranolky — 薯條
brambory — 馬鈴薯
krokety — 馬鈴薯球
rýže — 米飯

Nápojový lístek — 飲料單

limonáda — 檸檬汽水
džus — 果汁
kola — 可樂
minerálka — 礦泉水
pivo — 啤酒
víno červené — 紅酒
víno bílé — 白酒
čaj — 茶
káva — 咖啡

溫馨小叮嚀

在捷克點菜與上菜的順序和在臺灣有些不同。在捷克餐廳，服務生會先來詢問飲料的選擇，然後過一陣子再來詢問菜餚的選擇。而上菜的順序通常是先上湯品，接著是主菜加上配菜，最後才是甜點。

此外，礦泉水通常也會有一些選擇，舉例如下：

perlivá minerálka	氣泡礦泉水
jemně perlivá minerálka	溫和氣泡礦泉水
neperlivá minerálka	無氣泡礦泉水

文法練習 — Cvičení

A. 請用【「喜歡」句型 —
  1. mám rád / -a ＋名詞直接受格
  2. rád / -a ＋動詞】的句型完成下列句子。

- My — vařit. 我們喜歡下廚。

- Oni — černá káva. 他們喜歡喝黑咖啡。

- Ty — Praha? 你喜歡布拉格嗎？

- Vy — sport. 你們喜歡運動。

- Já — cizí kultury. 我喜歡異國文化。

- Pavel a Jana — učit se češtinu. 保羅和楊娜喜歡學習捷克語。

- Ona — hrát tenis. 她喜歡打網球。

B. 請用【「喜歡」句型 –
　　3. líbí se mi ＋名詞主格
　　4. chutná mi ＋名詞主格】的句型完成下列句子。

- Já － Pražský hrad. 我喜歡布拉格城堡。

- Ty － čokoláda? 你喜歡巧克力嗎？

- Ona － ten nový film. 她喜歡這部新電影。

- Já － staré domy v Praze. 我喜歡在布拉格的老房子。

- Oni － brambory a hranolky? 他們喜歡吃馬鈴薯和薯條嗎？

- On － červené víno. 他喜歡紅酒。

- Vy － klasiká opera? 您喜歡古典歌劇嗎？

課後迴響：日常用語 — Čeština v praxi

🎧 MP3-36

【一般餐廳用語】

číšník / číšnice 服務生 / 女服務生	
Prosím. 請。	
Co si přejete? 您希望（點）什麼？	
Co si dáte? 您要（點）什麼？	host, zákazník / zákaznice 顧客 / 女性顧客
Co si dáte k jídlu? 您要點什麼吃的？	Máte volný stůl? 您們有空桌嗎？
Co si dáte k pití? 您要點什麼喝的？	Je tady volno? 這裡是空位嗎？
Máte vybráno? 您選好了嗎？	Prosím, jídelní lístek. 請給我菜單。
Ještě něco? 還要什麼嗎？	Dám si malé pivo. 我要小杯啤酒。
Platíte zvlášť? 你們各自付錢嗎？	Vezmu si smažený sýr a hranolky. 我要炸起士和薯條。
Platíte dohromady? 你們一起付錢嗎？	Účet, prosím. 請給我帳單。
Tady je Váš účet. 這是您的帳單。	Zaplatím, prosím. 我要買單。
	To je dobrý. 這樣就好。（服務生找錢時，顧客留些小費給服務生時說的。）

【一般常見餐桌用語】

Dobrou chuť.	祝好胃口！（開始用餐時使用。）
Nechte si chutnat.	請享用！
Berte si, prosím.	請取用（菜餚）！
Na zdraví!	乾杯！（輕酌。原意為祝健康。）
Do dna!	乾杯！
Můžete mi podat pepř a sůl?	可以遞給我胡椒和鹽巴嗎？
Už nemůžu.	我已經吃不下了。
Už mám dost, bylo to moc dobré!	我吃得太飽了，真的很好吃！

捷知識 — Zajímavosti o Česku

　　捷克菜單上除了主菜之外，還有配菜，但其實這些配菜就是我們俗稱的主食。常見的捷克配菜包括「knedlíky」（饅頭片）、「brambory」（馬鈴薯）等，而「rýže」（米飯）也越來越普及。其中，捷克饅頭片其實就是將麵糰或是摻有馬鈴薯粉的麵糰放進熱水中煮熟，再取出切片便大功告成。前者以麵糰製成的饅頭片稱為「houskové knedlíky」，比較白也比較蓬鬆；後者摻有馬鈴薯粉的則另稱為「bramborové knedlíky」，顏色偏黃且比較緊實，通常這兩種都是搭配主菜的肉汁一起食用。此外，捷克饅頭片也可作為甜食，即用麵糰將水果包起來，例如杏桃或是草莓等，再放入熱水煮熟，撈起後灑上糖粉並淋上熱牛油，就是捷克著名的「ovocné knedlíky」（水果餃子），而這道菜餚一般都是當主菜享用哦。

Lekce 10

Včera

昨天

學習目標

1. 捷克語的過去式動詞。
2. 捷克語的不定代詞。
3. 一般電話會話。

課文 — Text

🎧 MP3-37

Včera jsem měla hezký den.
Ráno jsem vstala brzo.
V poledne jsem obědvala v restauraci a dala jsem si svůj oblíbený smažený sýr.
Odpoledne jsem četla román „Žert".
Večer jsem šla do kina a byl to moc dobrý film.
Večer jsem šla spát dost pozdě, ale to mi nevadilo.

昨天我有著美好的一天。
早上我起床起得早。
中午我在餐廳吃午飯，而且點了我自己最喜歡的炸起士。
下午我讀了本小說《玩笑》。
晚上我去看電影。那電影很棒。
我很晚才上床睡覺，但是沒有關係。

單字與新詞 — Nová slova

名詞

- film 電影 (Mi)
- román 小說 (Mi)
- žert 玩笑 (Mi)

動詞

- obědvat (*obědvám*) 吃午飯 (impf)
- vstát (*vstanu*) 起床 (pf)

形容詞

- oblíbený / oblíbená / oblíbené 最喜歡的

副詞

- brzo 早
- včera 昨天
- pozdě 遲、晚

文法 – Gramatika

A.【過去式 – Minulý čas】

　　一般來說，捷克語動詞的過去式大部分是採規則性變化的，雖然還是有不規則的變化，但依照初學者程度所需，過去式採不規則變化的動詞數量並不是非常多。所謂規則性變化，即是必須將原形動詞的詞尾「t」去掉，然後依照主詞的文法性別與單複數附加「l」（陽性單數）、「la」（陰性單數）、「li」（陽性複數）或「ly」（陰性複數）詞尾。除此之外，主詞若為第一人稱單數則必須加上相應的 Be 動詞「**jsem**」，主詞若為第一人稱複數則加上「**jsme**」；若是第二人稱單數則加上「**jsi**」，第二人稱複數或是尊稱則必須加上「**jste**」；主詞若是第二人稱單複數則不需再另加 Be 動詞。請見下方範例所示：

		dělat「做」	
já 我	děla**l** **jsem** (M) děla**la** **jsem** (F) děla**lo** **jsem** (N)	my 我們	děla**li** **jsme** (M) děla**ly** **jsme** (F) děla**la** **jsme** (N)
ty 你	děla**l** **jsi** (M) děla**la** **jsi** (F) děla**lo** **jsi** (N)	vy 你們 Vy 您	děla**li** / **-ly** / **-la** **jste**　(M) / (F) / (N) děla**l** / **-la** / **-lo** **jste**　(M) / (F) / (N)
on 他 ona 她 ono 它	děla**l** (M) děla**la** (F) děla**lo** (N)	oni 他們 ony 她們 ona 它們	děla**li** (M) děla**ly** (F) děla**la** (N)

> 此外，雖然捷克語是相對自由詞序的語言，但是構形動詞過去式的 Be 動詞卻必須固定位於語句中的第二個位置。

因此，當動詞本身帶有反身代詞「se / si」時，原本必須放置在語句中第二個位置的「se / si」則必須移至構形動詞過去式的 Be 動詞之後。請看下列範例：

	učit se（學習）		
já 我	učil jsem se (M) učila jsem se (F) učilo jsem se (N)	my 我們	učili jsme se (M) učily jsme se (F) učila jsme se (N)
ty 你	učil ses (jsi se) (M) učila ses (jsi se) (F) učilo ses (jsi se) (N)	vy 你們 Vy 您	učili / -ly / -la jste se (M) / (F) / (N) učil / -la / -lo jste se (M) / (F) / (N)
on 他 ona 她 ono 它	učil se (M) učila se (F) učilo se (N)	oni 他們 ony 她們 ona 它們	učili se (M) učily se (F) učila se (N)

➢ 除上述之外，以下將列舉過去式採不規則變化的動詞。請見下方幾個比較常見的例子。

動詞原形	動詞過去式	
brát	bral / -la / -lo / -li / -ly / -la	拿
být	byl / -la / -lo / -li / -ly / -la	Be 動詞
chtít	chtěl / -la / -lo / -li / -ly / -la	想要
číst	četl / -la / -lo / -li / -ly / -la	閱讀
jíst	jedl / -la / -lo / -li / -ly / -la	吃
jít	šel / šla / šlo / šli / šly / šla	走路
mít	měl / -la / -lo / -li / -ly / -la	有
moct	mohl / -la / -lo / -li / -ly / -la	可以
otevřít	otevřel / -la / -lo / -li / -ly / -la	打開
pít	pil / -la / -lo / -li / -ly / -la	喝
psát	psal / -la / -lo / -li / -ly / -la	寫
umřít	umřel / -la / -lo / -li / -ly / -la	死亡
žít	žil / -la / -lo / -li / -ly / -la	生活

B. 【不定代詞與副詞 － Neurčítá zájmena a adverbia】

捷克語中的疑問詞可以加上前綴「**ně-**」構形成為不定代詞或副詞，以及加上前綴「**ni-**」構形成為否定不定代詞或副詞。

疑問詞		不定代詞		否定不定代詞	
kdo	誰	**někdo**	某人	**nikdo**	沒人
co	什麼	**něco**	某事物	**nic**	沒有東西
jaký	怎麼樣的	**nějaký**	某種的	**žádný**	沒有……
který	哪一個	**některý**	某個	**žádný**	沒有……
čí	誰的	**něčí**	某人的	**ničí**	沒人的
疑問詞		副詞		否定副詞	
kde	在哪裡	**někde**	在某處	**nikde**	沒在任何地方
kam	去哪裡	**někam**	往某處	**nikam**	沒去任何地方
odkud	從哪裡	**odněkud**	從某處	**odnikud**	不知從何來
kudy	哪一條路	**někudy**	某些路	**nikudy**	沒有路
kdy	何時	**někdy**	某些時候	**nikdy**	從來沒有
kolik	多少	**několik**	一些		

➤ 值得注意的是，捷克語的否定句除了在動詞加上前綴「ne-」之外，遇到不定代詞或是副詞，也必須以否定形式呈現，換句話說，捷克語是容許雙重否定的，舉例說明如下。

【肯定句 → 否定句】

Někdo tam je.　　　　　　**N**ikdo tam **není**.
那裡有某個人。　　　　　　那裡什麼人都沒有。

Někam jdu.　　　　　　　**N**ikam **ne**jdu.
我去某處。　　　　　　　　我哪都不去。

Dělám něco.　　　　　　　**Ne**dělám **nic**.
我做某件事。　　　　　　　我什麼都沒做。

文法練習 — Cvičení

A. 請將下列語句改寫為過去式。

- Jdeme do kina. 我們去電影院。

_____

- Petře, co děláš? 彼得，你在做什麼？

_____

- Studujete literaturu? 你們在學習文學嗎？

_____

- Nemám čas. 我沒有時間。

_____

- Anna mluví jenom anglicky. 安娜只說英語。

_____

- Chceme jet do Prahy. 我們想要去布拉格。

_____

- Sejdeme se u kavárny. 我們在咖啡廳那集合。

_____

B. 請將下列語句改寫為否定句。

- Jedeme někam na víkend.　我們週末去某處。

___

- Někdo potřebuje nové informace.　某人需要新的資訊。

___

- Někde v Praze je irská hospoda.　在布拉格的某處有間愛爾蘭酒吧。

___

- Dívá se na nějaký zajímavý film.　他／她在看某種有趣的電影。

___

- Některé slovníky jsou špatné.　某些字典是不好的。

___

C. 請回答下列問題。

- Četl jsi tu knihu?　你讀過這本書嗎？

___

- Studovala na univerzitě?　她讀過大學嗎？

___

- Čekala jsi na Petra?　妳（以前）在等彼得嗎？

___

- Díval ses na televizi?　你（以前）在看電視嗎？

___

- Šel na procházku?　他（以前）去散步了嗎？

___

- Potřeboval jsi to pero?　你（以前）需要這支筆嗎？

___

課後迴響：會話 — Konverzace

🎧 MP3-39

【電話會話 — Telefonní rozhovor】

Pan Novák:	Prosím. Tady Novák.	喂。這裡是諾瓦克。
Petr:	Dobrý den, tady Petr. Je Jana doma?	日安，這裡是彼得。楊娜在家嗎？
Pan Novák:	Ano. Jano, máš telefon!	是的。楊娜，你有來電！
Petr:	Děkuju. Ahoj, Jano. Tady Petr.	謝謝。嗨，楊娜。這裡是彼得。
Jana:	Ahoj. Jak se máš?	嗨。你好嗎？
Petr:	Dobře. Máš čas na kávu dnes odpoledne?	好。你今天下午有空喝咖啡嗎？
Jana:	Ano.	有。
Petr:	Sejdeme se u kavárny Slavie, ano?	我們在斯拉維亞咖啡廳那裡碰面，好嗎？
Jana:	Dobře. Už se těším.	好的。我已經很期待了。

【常見電話用語 － Běžné fráze při telefonování】

Je tady telefonní seznam?	這裡有電話簿嗎？
Máte telefonní kartu?	您有電話卡嗎？
Chtěl / Chtěla bych telefonovat do Taiwanu.	我想打電話到台灣。
Komu voláte?	您打電話給誰？
Máte špatné číslo.	您打錯電話了。
Nezavěšujte!	請別掛斷！
Není tady.	他 / 她不在這裡。
Zavolejte později, prosím.	請晚點再打電話來。
Zavolejte zítra, prosím.	請明天再打電話來。

捷知識 – Zajímavosti o Česku

　　耶誕節（Vánoce）是捷克重要的傳統節日，和世界其它大部分地區一樣，捷克的耶誕節也是 12 月 25 日（25. prosince），只是捷克沒有耶誕老公公，只有聖尼古拉斯（Mikuláš）會與天使（anděl）和惡魔（čert）在 12 月第一個週末拜訪有小孩的家庭，詢問小朋友在過去的一年是否是乖小孩。如果小朋友很乖，就會從天使那裡得到小禮物；如果小朋友不乖，惡魔就會叫鬧著作勢要把小朋友裝進布袋裡。直到現在，大人們還真的會在那天扮演聖尼古拉斯、天使和惡魔，到家家戶戶給小朋友驚喜！

　　耶誕節的前一天，也就是耶誕夜當天（Štědrý den），捷克人白天一邊準備耶誕大餐，一邊禁食或不吃肉，據說如此才能在傍晚看到象徵幸運的金豬（zlaté prasátko）！別吃驚！不是真的金豬，而是指餓昏了之後，眼前或許就會出現金豬的幻影哦。畢竟，對於捷

克人來說，每個部分都能被做成佳餚的豬代表著盛宴啊！！而傳統的捷克耶誕大餐，則包括魚湯（rybí polévka）、炸鯉魚排（smažený kapr）與馬鈴薯沙拉（bramborový salát）等。

待全家一起用完耶誕大餐之後，就到了在耶誕樹（vánoční stromek）下拆小耶穌（Ježíšek）為所有人準備的禮物的重要時刻！接下來就是全家人一起吃耶誕餅乾（cukroví），觀看每年電視必播放的捷克童話影片（pohádky），等待耶誕節與新年的到來！

Přehled české deklinace
詞形變化總覽

1. 名詞詞形變化表

1-1【陽性名詞詞形變化表】

陽性動物性名詞 (Ma)			
SG	以硬音為結尾	以軟音為結尾	以 -a 為結尾
nom	student	muž	kolega
gen	studenta	muže	kolegy
dat	studentu / -ovi	muži / -ovi	kolegovi
acc	studenta	muže	kolegu
loc	(o) studentu / -ovi	(o) muži / -ovi	(o) kolegovi
instr	(se) studentem	(s) mužem	(s) kolegou
PL	以硬音為結尾	以軟音為結尾	以 -a 為結尾
nom	studenti	muži	kolegové
gen	studentů	mužů	kolegů
dat	studentům	mužům	kolegům
acc	studenty	muže	kolegy
loc	(o) studentech	(o) mužích	(o) kolezích
instr	(se) studenty	(s) muži	(s) kolegy

陽性非動物性名詞 (Mi)		
SG	以硬音為結尾	以軟音為結尾
nom	sešit	pokoj
gen	sešitu / sýra	pokoje
dat	sešitu	pokoji
acc	sešit	pokoj
loc	(o) sešitu / -ě	(o) pokoji
instr	(se) sešitem	(s) pokojem
PL	以硬音為結尾	以軟音為結尾
nom	sešity	pokoje
gen	sešitů	pokojů
dat	sešitům	pokojům
acc	sešity	pokoje
loc	(o) sešitech	(o) pokojích
instr	(se) sešity	(s) pokoji

1-2【陰性名詞詞形變化表】

SG				
nom	žena	židle	skříň / tramvaj	místnost
gen	ženy	židle	skříně / tramvaje	místnosti
dat	ženě	židli	skříni	místnosti
acc	ženu	židli	skříň	místnost
loc	(o) ženě	(o) židli	(o) skříni	(o) místnosti
instr	(s) ženou	(s) židlí	(s) skříní	(s) místností
PL				
nom	ženy	židle	skříně / tramvaje	místnosti
gen	žen	židlí	skříní	místností
dat	ženám	židlím	skříním	místnostem
acc	ženy	židle	skříně / tramvaje	místnosti
loc	(o) ženách	(o) židlích	(o) skříních	(o) místnostech
instr	(s) ženami	(s) židlemi	(s) skříněmi / kolejemi	(s) místnostmi

1.3【中性名詞詞形變化表】

SG				
nom	město	moře	náměstí	kuře
gen	města	moře	náměstí	kuřete
dat	městu	moři	náměstí	kuřeti
acc	město	moře	náměstí	kuře
loc	(o) městě	(o) moři	(o) náměstí	kuřeti
instr	(s) městem	(s) mořem	(s) náměstím	kuřetem
PL				
nom	města	moře	náměstí	kuřata
gen	měst	moří	náměstí	kuřat
dat	městům	mořím	náměstím	kuřatům
acc	města	moře	náměstí	kuřata
loc	(o) městech	(o) mořích	(o) náměstích	(o) kuřatech
instr	(s) městy	(s) moří	(s) náměstími	(s) kuřaty

2. 形容詞詞形變化表

SG	(Ma) / (Mi)		(F)		(N)	
nom	český	moderní	česká	moderní	české	moderní
gen	českého	moderního	české	moderní	českého	moderního
dat	českému	modernímu	české	moderní	českému	modernímu
acc	českého / -ý	moderního / -ní	českou	moderní	české	moderní
loc	českém	moderním	české	moderní	českém	moderním
instr	českým	moderním	českou	moderní	českým	moderním
PL						
nom	čeští / české	moderní	české	moderní	česká	moderní
gen	českých		českých	moderních	českých	
dat	českým		českým	moderním	českým	
acc	české		české	moderní	česká	
loc	českých		českých	moderních	českých	
instr	českými		českými	moderními	českými	

3. 人稱所有格詞形變化表

3-1【第一人稱單數所有格:「我的」】

SG	(M)	(F)	(N)
nom	můj	moje / má	moje / mé
gen	mého	mojí / mé	mého
dat	mému	mojí / mé	mému
acc	mého (Ma) / můj	moji / mou	moje / mé
loc	mém	mojí / mé	mém
instr	mým	mojí / mou	mým
PL			
nom	moji / mí (Ma)　　moje / mé (Mi)	moje / mé	moje / má
gen	mých	mých	mých
dat	mým	mým	mým
acc	moje / mé	moje / mé	moje / má
loc	mých	mých	mých
instr	mými	mými	mými

3-2【第二人稱單數所有格:「你的」】

SG	(M)	(F)	(N)
nom	tvůj	tvoje / tvá	tvoje / tvé
gen	tvého	tvojí / tvé	tvého
dat	tvému	tvojí / tvé	tvému
acc	tvého (Ma) / tvůj	tvoji / tvou	tvoje / tvé
loc	tvém	tvojí / tvé	tvém
instr	tvým	tvojí / tvou	tvým
PL			
nom	tvoji / tví (Ma) | tvoje / tvé (Mi)	tvoje / tvé	tvoje / tvá
gen	tvých	tvých	tvých
dat	tvým	tvým	tvým
acc	tvoje / tvé	tvoje / tvé	tvoje / tvá
loc	tvých	tvých	tvých
instr	tvými	tvými	tvými

3-3【第三人稱單數所有格:「她的」】

（jeho「他的;它的」和 jejich「他們的」皆同形）

SG	(M)	(F)	(N)
nom	její	její	její
gen	jejího	její	jejího
dat	jejímu	její	jejímu
acc	jejího (Ma) / její (Mi)	její	její
loc	jejím	její	jejím
instr	jejím	její	jejím
PL			
nom		její	
gen		jejích	
dat		jejím	
acc		její	
loc		jejích	
instr		jejími	

3-4【第一人稱複數所有格:「我們的」】

SG	(M)	(F)	(N)
nom	náš	naše	naše
gen	našeho	naší	našeho
dat	našemu	naší	našemu
acc	našeho (Ma) / náš (Mi)	naši	naše
loc	našem	naší	našem
instr	naším	naší	naším
PL			
nom	naši (Ma) / naše (Mi)	naše	naše
gen	našich	našich	našich
dat	našim	našim	našim
acc	naše	naše	naše
loc	našich	našich	našich
instr	našimi	našimi	našimi

3-5【第二人稱複數所有格:「你們的 / 您的」】

SG	(M)	(F)	(N)
nom	váš	vaše	vaše
gen	vašeho	vaší	vašeho
dat	vašemu	vaší	vašemu
acc	vašeho (Ma) / váš (Mi)	vaši	vaše
loc	vašem	vaší	vašem
instr	vaším	vaší	vaším
PL			
nom	vaši (Ma) / vaše (Mi)	vaše	vaše
gen	vašich	vašich	vašich
dat	vašim	vašim	vašim
acc	vaše	vaše	vaše
loc	vašich	vašich	vašich
instr	vašimi	vašimi	vašimi

4. 人稱代詞詞形變化表

SG	我	你	他	她	它
nom	já	ty	on	ona	ono
gen	mne / mě	tebe / tě	jeho / ho / jej něho / něj	jí / ní	jeho / ho / jej něho / něj
dat	mně / mi	tobě / ti	mu / jemu němu	jí / ní	mu / jemu němu
acc	mne / mě	tebe / tě	jeho / ho / jej něho / něj	ji / ni	ho / je / jej ně / něj
loc	(o) mně	(o) tobě	(o) něm	(o) ní	(o) něm
instr	(se) mnou	(s) tebou	(s) jím / ním	(s) jí / ní	(s) jím / ním
PL	我們	你們 / 您	他們	她們	它們
nom	my	vy	oni	ony	ona
gen	nás	vás	jich / nich		
dat	nám	vám	jim / nim		
acc	nás	vás	je / ně		
loc	(o) nás	(o) vás	(o) nich		
instr	(s) námi	(s) vámi	(s) jimi / nimi		

Slovník
詞彙總表

A

ahoj	嗨,再見(口語)
Amerika	美國(國家名)(F)
anglicky	英文地 (Adv)
anglický / -á / -é	英國的、英文的
ani	沒有
auto	汽車 (N)
autobus	公車 (Mi)
autobusový / -á / -é	公車的 (Adj)

B

banán	香蕉 (Mi)
banka	銀行 (F)
bankovka	貨幣 (F)
bez + (gen)	沒有 (Prep)
bílý / -á / -é	白色的 (Adj)
brambor, brambora	馬鈴薯 (Mi) (F)
brát (si) (*beru*)	拿 (Vt) (impf)
bratr	兄弟 (Ma)
broskev	桃子 (F)
brzo	早 (Adv)
březen	三月 (Mi)
budova	建築物 (F)
bydlet (-*ím*)	居住 (impf)
bylinkový / -á / -é	藥草的 (Adj)

C

cesta	路途 (F)
cibule	洋蔥 (F)
cigareta	香菸 (F)
cizí / -í / -í	陌生、外國的 (Adj)
co	什麼
cukrárna	甜點店 (F)

Č

čaj	茶 (Mi)
čas	時間 (Mi)
časopis	雜誌 (Mi)
čau	嗨、再見(口語)
čekat (-*ám*)	等待 (Vi) (impf)
černý / -á / -é	黑的 (Adj)
čerstvý / -á / -é	新鮮的 (Adj)
červen	六月 (Mi)
červenec	七月 (Mi)
český / -á / -é	捷克的 (Adj)
česnek	大蒜 (Mi)
čeština	捷克語 (F)
čí	誰的
čínský / -á / -é	中國的 (Adj)
číslo	號碼 (N)
číst (si) (*čtu*)	讀 (Vt) (impf)
číšník	服務生 (Ma)
číšnice	女服務生 (F)
čokoláda	巧克力 (F)
čtrnáct	十四
čtvrtek	星期四 (Mi)
čtvrtý / -á / -é	第四的 (Adj)
čtyři	四
čtyřicet	四十

D

dárek	禮物 (Mi)
dát (si) (-*ám*)	給 (Vt) (pf)
den	日子、白天 (Mi)
desátý / -á / -é	第十的 (Adj)
deset	十
devadesát	九十
devatenáct	十九
devátý / -á / -é	第九的 (Adj)

devět	九
děkovat (-uji / -uju)	謝謝 (impf)
dělat (-ám)	做 (Vt) (impf)
divadlo	劇院 (N)
dívat se (-ám)	注視 (Vi) (impf)
dlouho	長 (Adv)
dlouhý / -á / -é	長的 (Adj)
dnes	今天 (Adv)
do + (gen)	往 (Prep)
dobrý / -á / -é	好的 (Adj)
dobře	好 (Adv)
dohromady	一併 (Adv)
doktor	醫生 (Ma)
dole	在下方 (Adv)
doleva	往左轉 (Adv)
dolů	往下方 (Adv)
dopis	信件 (Mi)
doporučeně	以掛號郵寄 (Adv)
doprava	往右轉 (Adv)
doprava	交通 (F)
doprostřed	往中間 (Adv)
dopředu	往前 (Adv)
dort	蛋糕 (Mi)
dost	足夠 (Adv)
dostat (dostanu)	得到 (Vt) (pf)
dozadu	往後 (Adv)
drahý / -á / -é	昂貴的 (Adj)
drogerie	藥妝店 (F)
druhý / -á / -é	第二的 (Adj)
duben	四月 (Mi)
dům	房子 (Mi)
dva (M), dvě (F / N)	二
dvacet	二十
dvanáct	十二

E
elegantní / -í / -í	優雅的 (Adj)
express	以快遞郵寄 (Adv)

F
fakulta	學院 (F)
film	電影 (Mi)

G
guma	橡皮擦、橡膠 (F)

H
hezký / -á / -é	漂亮的 (Adj)
hlad	飢餓 (Mi)
hlavní / -í / -í	主要的 (Adj)
hodně	很多 (Adv)
holka	女孩 (F)
host	客人 (Ma)
hotel	飯店 (Mi)
houska	圓形麵包 (F)
hovězí (maso)	牛肉 (N)
hranolky	薯條 (Mi) (PL)
hruška	西洋梨 (F)
hudba	音樂 (F)

Ch
chléb	黑麵包 (Mi)
chtít (chci)	想要 (Vt) (impf)
chutnat (-ám)	品嚐 (Vi) (impf)

J
jablko	蘋果 (N)
jahoda	草莓 (F)
jahodový / -á / -é	草莓的 (Adj)

jak	如何、怎麼樣	kniha	書本 (F)
jaký / -á / -é	怎麼樣的 (Adj)	kobliha	甜甜圈 (F)
jaro	春天 (N)	kola	可樂 (F)
jazyk	語言 (Mi)	koláč	派 (Mi)
jeden, jedna, jedno	一	kolej	宿舍 (F)
jedenáct	十一	kolik	多少
jeho	他的	konverzace	會話 (F)
její	她的	koruna	捷克克朗 (F)
jejich	他們的、她們的	kosmetika	化妝品 (F)
ještě	仍然、還是 (Adv)	krém	乳液 (Mi)
jet (*jedu*)	走（交通工具）(Vi) (impf) (determ)	kudy	哪一條路
jídlo	食物 (N)	kupovat (*-uji / -uju*)	購買 (Vt) (impf)
jíst (*jím*)	吃 (impf)	kurz	匯率 (Mi)
jít (*jdu*)	走（步行）(Vi) (impf) (determ)	kuře	雞肉 (N)
		kvalitní / -í / -í	優質的 (Adj)
jízdenka	車票 (F)	květen	五月 (Mi)
jmenovat (se) (*-uji / -uju*)	命名 (Vt) (impf)		
jogurt	優格 (Mi)		

L

		lampa	檯燈 (F)
		leden	一月 (Mi)
		lék	藥 (Mi)

K

k + (dat)	往 (Prep)	lékárna	藥房 (F)
kam	往哪裡	lektor	男性講師 (Ma)
kamarád	男性朋友 (Ma)	lektorka	女性講師 (F)
kamarádka	女性朋友 (F)	letecky	以航空郵寄 (Adv)
kapka	滴 (F)	léto	夏天 (N)
káva	咖啡 (F)	levný / -á / -é	便宜的 (Adj)
kavárna	咖啡廳 (F)	líbit se (*-ím*)	喜歡 (impf)
každý / -á / -é	每一個 (Adj)	listopad	十一月 (Mi)
kde	哪裡	lyžovat (*-uji / -uju*)	滑雪 (Vi) (impf)
kdo	誰		
kino	電影院 (N)		

M

kluk	男孩 (Ma)	makovka	罌粟子甜麵包 (F)
knedlík	饅頭片 (Mi)	malina	覆盆子 (F)

málo	很少 (Adv)	nahoru	往上 (Adv)
malý / -á / -é	小的 (Adj)	nahoře	在上面 (Adv)
máma	媽媽 (F)	nálada	情緒 (F)
mast	軟膏 (F)	nalevo	在左邊 (Adv)
matka	母親 (F)	nakupování	購物 (N)
mapa	地圖 (F)	nakupovat (-uji / -uju)	購物 (Vt) (impf)
máslo	牛油 (N)	náměstí	廣場 (N)
maso	肉 (N)	náplast	繃帶 (F)
město	城市 (N)	nápad	主意 (Mi)
milion, milión	百萬 (Mi)	napravo	在右邊 (Adv)
místnost	房間 (F)	náš, naše, naše	我們的
místo	空間、位子 (N)	návštěva	拜訪 (F)
mít (mám)	有 (Vt) (impf)	nebo	或者
mladý / -á / -é	年輕的 (Adj)	neděle	星期日 (F)
mlékárna	賣奶製品的商店 (F)	něco	某物
mléko	牛奶 (N)	noc	夜 (F)
mluvit (-ím)	說 (impf)	novina	新聞 (F) (SG)
mnoho	很多 (Adv)	noviny	報紙 (F) (PL)
moc	太多、非常 (Adv)	nový / -á / -é	新的 (Adj)
moct (můžu / mohu)	能夠 (impf)		
moderní / -í / -í	摩登、現代的 (Adj)	**O**	
moře	海洋 (N)	o + (loc) / (acc)	關於 (Prep)
muset (-ím)	必須 (impf)	obálka	信封、包裝 (F)
most	橋 (Mi)	obědvat (-ám)	吃午飯 (impf)
mrkev	紅蘿蔔 (F)	obchod	商店 (Mi)
muž	男人 (Ma)	oblíbený / -á / -é	最喜歡的 (Adj)
můj, má / moje, mé / moje	我的	obraz	圖畫 (Mi)
		obyčejně	以一般方式郵寄，平信地 (Adv)
myslet (-ím)	想 (impf)	od + (gen)	從 (Prep)
mýdlo	香皂 (N)	odkud	從哪裡 (Adv)
		odpoledne	下午 (N)
N		odpovídat (-ám)	回覆 (impf)
na + (acc) / (loc)	在 (Prep)	okno	窗戶 (N)
nádraží	車站 (N)	okurka, okurek	黃瓜 (F) (Mi)

osm	八	podzim	秋天 (Mi)
osmdesát	八十	pohár	聖代 (Mi)
osmnáct	十八	pohlednice, pohled	明信片 (F) (Mi)
osm*ý* / -*á* / -*é*	第八的 (Adj)	pokoj	房間 (Mi)
osoba	人、人口 (F)	polévka	湯 (F)
oškliv*ý* / -*á* / -*é*	醜陋的 (Adj)	pomoc	幫助 (F)
otec	父親 (Ma)	pondělí	星期一 (N)
otevřít (*otevřu*)	打開 (Vt) (pf)	popiska	原子筆 (F)
ovoce	水果 (N)	poplatek	手續費 (Mi)
ovocn*ý* / -*á* / -*é*	水果的 (Adj)	poslouchat (-*ám*)	聆聽 (Vt) (impf)
		postel	床 (F)
P		pošta	郵局 (F)
padesát	五十	potom	然後 (Adv)
pak	然後 (Adv)	potraviny	食物 (F) (PL)
palačinka	法式薄餅、可麗餅 (F)	potřebovat (-*uji* / -*uju*)	需要 (Vt) (impf)
papírnictví	文具店 (N)	pozdě	遲、晚 (Adv)
párek	熱狗 (Mi)	pracovat (-*uji* / -*uju*)	工作 (impf)
park	公園 (Mi)	pracovn*í* / -*í* / -*í*	工作的 (Adj)
pasta	牙膏、麵條 (F)	Praha	布拉格 (F)
pátek	星期五 (Mi)	pro + (acc)	為了 (Prep)
patnáct	十五	prodavač	男售貨員 (Ma)
pát*ý* / -*á* / -*é*	第五的 (Adj)	prodavačka	女售貨員 (F)
pečivo	麵包 (N)	program	節目 (Mi)
peníze	錢 (Mi) (PL)	procházka	散步 (F)
pepř	胡椒 (Mi)	prosinec	十二月 (Mi)
pero	鋼筆 (N)	prosit (-*ím*)	請 (Vt) (impf)
pes	狗 (Ma)	protože	因為
pět	五	prvn*í* / -*í* / -*í*	第一的 (Adj)
pivo	啤酒 (N)	přání	希望、願望 (N)
pít (*piju*)	喝 (impf)	přát (*přeji* / -*u*)	希望 (Vi) (impf)
platit (-*ím*)	付款 (impf)	předkrm	前菜、開胃菜 (Mi)
plavat (*plavu*)	游泳 (impf)	přítel	男朋友 (Ma)
počítač	電腦 (Mi)	přítelkyně	女朋友 (F)
podat (-*ám*)	遞、拿 (Vt) (pf)	psát (*píšu*)	寫 (impf)

R

rád	高興地 (Adj)
rádio	收音機 (N)
rajče	番茄 (N)
ráno	早晨 (N)
restaurace	餐廳 (F)
rohlík	長角白麵包 (Mi)
román	小說 (Mi)
rovně	直直地 (Adv)
rozumět (-ím)	瞭解 (impf)
ryba	魚 (F)

Ř

ředitel	男性主管 (Ma)
ředitelka	女性主管 (F)
říjen	十月 (Mi)

S

s / se + (instr)	帶著 (Prep)
sáček	袋子 (Mi)
salám	臘腸 (Mi)
salát	萵苣、沙拉 (Mi)
samoobsluha	自助商店 (F)
samozřejmě	當然 (Adv)
sedm	七
sedmdesát	七十
sedmnáct	十七
sedmý / -á / -é	第七的 (Adj)
sem	來這裡 (Adv)
sešit	筆記本 (Mi)
sirky	火柴盒 (F) (PL)
skříň	櫃子 (F)
sladký / -á / -é	甜的 (Adj)
slaný / -á / -é	鹹的 (Adj)
slečna	小姐 (F)
slovník	字典 (Mi)
smažený / -á / -é	油炸的 (Adj)
směna	交換、兌換 (F)
smět (-ím)	可以 (impf)
snídat (-ám)	吃早餐 (impf)
sobota	星期六 (F)
spěchat (-ám)	匆忙 (Vi) (impf)
spolu	一起 (Adv)
srpen	八月 (Mi)
starý / -á / -é	老的、舊的 (Adj)
stěna	牆 (F)
sto	百 (N)
středa	星期三 (F)
student	男學生 (Ma)
studentka	女學生 (F)
studovat (-uji / -uju)	學習 (Vt) (impf)
stůl	桌子 (Mi)
sůl	鹽 (F)
svůj, svoje / svá, své / svoje	自己的
sýr	起士 (Mi)

Š

šampón	洗髮精 (Mi)
škola	學校 (F)
šedesát	六十
šest	六
šestnáct	十六
šestý / -á / -é	第六的 (Adj)
šlehačka	鮮奶油 (F)
špagety	義大利麵條 (F) (PL)
šunka	火腿 (F)

T

tabák	書報攤 (Mi)
tableta	藥片 (F)
tady	這裡 (Adv)
Taiwan / Tchaj-wan	台灣 (Mi)
tak	那麼 (Adv)
také / taky	也 (Adv)
tam	那裡 (Adv)
táta	爸爸 (Ma)
tatínek	父親 (Ma)
teď	現在 (Adv)
telefon	電話 (Mi)
telefonní / -í / -í	電話的 (Adj)
televize	電視 (F)
televizní / -í / -í	電視的 (Adj)
ten, ta, to	這個 (指示詞)
těšit se (-ím)	期待 (impf)
těžký / -á / -é	困難的 (Adj)
tisíc	千 (Mi)
tlustý / -á / -é	肥胖的 (Adj)
trochu	一些 (Adv)
třetí / -í / -í	第三的 (Adj)
tři	三
třicet	三十
třináct	十三
tužka	鉛筆 (F)
tvůj, tvá / tvoje, tvé / tvoje	你的

U

učebnice	教科書 (F)
účet	帳單 (Mi)
učitel	男老師 (Ma)
unavený / -á / -é	疲累 (Adj)
univerzita	大學 (F)
učitelka	女老師 (F)
udělat (-ám)	完成 (pf)
ulice	街道 (F)
únor	二月 (Mi)
uprostřed	在中間 (Adv)
úředník	男辦事員 (Ma)
úřednice	女辦事員 (F)
úspěšně	成功地 (Adv)
úterý	星期二 (N)
už	已經 (Adv)

V

v + (loc)	在……裡面 (Prep)
váš, vaše, vaše	你們的、您們的
včera	昨天 (Adv)
večer	晚上 (Mi)
večeřet (-ím)	吃晚餐 (impf)
vejce	雞蛋 (N)
veka	長棍麵包 (F)
velký / -á / -é	大的 (Adj)
velmi	非常 (Adv)
ven	往外 (Adv)
venku	在外面 (Adv)
vepřové (maso)	豬肉 (N)
vědět (vím)	知道 (impf)
vidět (-ím)	看 (impf)
víkend	週末 (Mi)
vitamín	維他命 (Mi)
vítat (-ám)	歡迎 (Vt) (impf)
vlevo	在左邊 (Adv)
vpravo	在右邊 (Adv)
vpředu	在前面 (Adv)
vstát (vstanu)	起床 (pf)

vstávat (-ám)	起床 (impf)
všechno	全部
vyměnit (-ím)	交換、兌換 (Vt) (pf)
výrobek	商品 (Mi)
vzadu	在後面 (Adv)
vzít (*vezmu*)	拿 (pf)
vždycky / vždy	總是 (Adv)

Z

z / ze + (gen)	從 (Prep)
za + (instr) / (acc)	在……之後、以…… (Prep)
zákazník	男性顧客 (Ma)
zákaznice	女性顧客 (F)
zapalovač	打火機 (Mi)
zaplatit (-ím)	付款 (pf)
září	九月 (N)
závin	果餡捲 (Mi)
zdraví	健康 (N)
zelenina	蔬菜 (F)
zima	冬天 (F)
zmrzlina	冰淇淋 (F)
známka	郵票 (F)
znát (-ám)	知道 (Vt) (impf)
zub	牙齒 (Mi)
zubní / -í / -í	牙齒的 (Adj)
zvlášť	各自地 (Adv)

Ž

žádný / -á / -é	沒有 (Adj)
zajímavý / -á / -é	有趣的 (Adj)
žena	女人 (F)
žert	玩笑 (Mi)
židle	椅子 (F)
žít (*žiji* / *žiju*)	生活 (impf)
žlutý / -á / -é	黃色的 (Adj)

國家圖書館出版品預行編目資料

我的第一堂捷語課 新版 / 林蒔慧（Melissa Shih-hui Lin）編著
-- 修訂初版 -- 臺北市：瑞蘭國際, 2025.08
184面；19 × 26公分 --（外語學習系列；152）
ISBN：978-626-7629-84-0（平裝）
1.CST：捷克語 2.CST：讀本

806.38　　　　　　　　　　　　　　　　　　　　114010790

外語學習系列 152
我的第一堂捷語課 新版

編著者｜林蒔慧（Melissa Shih-hui Lin）
審訂｜伊凡娜（Ivana Bozděchová）、赫萊娜（Helena Hrdličková）
責任編輯｜葉仲芸、王愿琦
校對｜林蒔慧（Melissa Shih-hui Lin）、彼得（Petr Příkop）、葉仲芸、王愿琦

捷克語錄音｜皮卡丘（Karel Picha）、赫萊娜（Helena Hrdličková）
錄音室｜采漾錄音製作有限公司
封面設計、版型設計、內文排版｜陳如琪

瑞蘭國際出版
董事長｜張暖彗・社長兼總編輯｜王愿琦
編輯部
副總編輯｜葉仲芸・主編｜潘治婷・文字編輯｜劉欣平
設計部主任｜陳如琪
業務部
經理｜楊米琪・主任｜林湲洵・組長｜張毓庭

出版社｜瑞蘭國際有限公司・地址｜台北市大安區安和路一段104號7樓之一
電話｜(02)2700-4625・傳真｜(02)2700-4622・訂購專線｜(02)2700-4625
劃撥帳號｜19914152 瑞蘭國際有限公司
瑞蘭國際網路書城｜www.genki-japan.com.tw

法律顧問｜海灣國際法律事務所　呂錦峯律師

總經銷｜聯合發行股份有限公司・電話｜(02)2917-8022、2917-8042
傳真｜(02)2915-6275、2915-7212・印刷｜科億印刷股份有限公司
出版日期｜2025年08月初版1刷・定價｜580元・ISBN｜978-626-7629-84-0

◎ 版權所有・翻印必究
◎ 本書如有缺頁、破損、裝訂錯誤，請寄回本公司更換

PRINTED WITH SOY INK　本書採用環保大豆油墨印製